# Sista Valsen

*De värdefulla står i andra ledet*

G A Lorén

# Sista Valsen

*Förlag: BoD – Books on Demand, Stockholm, Sverige*
*Tryck: BoD – Books on Demand, Norderstedt, Tyskland*

*ISBN: 978-91-7699-778 -9*

# Innehållsförteckning

# En ovanligt vanlig lunch

Någon har sagt att vi är våra vanor. Det håller jag bara delvis med om. Anledningen till min tvekan är Jenny. Hon har inga vanor, bara ovanor. Den jag tycker mest illa om är att hon inte ringer på dörrklockan innan hon går in i min lägenhet. Traskar bara rakt in.

Och hon kan komma när som helst på dygnet. 'Ligger du och sover' säger hon i förebrående ton när hon står på tröskeln till mitt sovrum klockan sju på morgonen. 'Kan du låna mig en hundring. Jag är på väg till jobbet och glömde plånboken'. Innan jag hunnit gnugga sömnen ur ögonen har hon letat fram min plånbok och upptäckt att det bara finns en femhundring i sedelfacket. Då tar hon den och säger att hon kommer tillbaka på lunchrasten och ger mig fyrahundra. Samtidigt ser jag att hon stoppar ner sedeln i sin egen plånbok. Som hon hade glömt.

Just den här morgonen lyckades jag hugga tag i plånboken och rädda kontanterna. Jag hade ett viktigt möte med en klient några timmar senare och i det mötet ingick lunch. Som jag skulle betala. Jag tillhör den gamla sorten som helst betalar kontant när det handlar om mindre summor. Jenny tittade på plånboken i min hand med gift i blicken.

7

"Jag tänkte lämna tillbaka femhundringen jag lånade häromdagen." Lång giftig paus. "Men då vill du väl inte ha den."

Säger hon och lämnar rummet. När jag ropar tillbaka henne lyssnar jag till en dörr som stängs med en smäll och till hennes trippande steg nerför trapporna. Avsikten med uppvisningen är att visa god vilja och när jag inte förstår det är pengarna förverkade. Hon har massor av sådana knep. De flesta förutsätter att jag är sömndrucken och inte hinner reagera förrän hon fullbordat sitt uppdrag. En variant är att hon ber att få låna hundra men jag har bara femhundringar. Då tar hon en fem-hundring men när hon skall betala tillbaka får jag bara hundra. 'Jag bad ju bara om en hundring. Det är inte mitt fel att du inte har jämna pengar'.

Den här morgonen var jag ändå glad att hon stormat in och väckt mig. Annars hade jag kommit för sent till mitt viktiga möte. Klienten hörde till den morgontidiga sorten och hade bestämt att vi skulle träffas på ett kafé klockan nio. Jag visste inte att kaféer öppnar så tidigt. Men det visste min gode vän Jens. När jag berättade om mötet bestämde han att han skulle vara med. Han hade sin första lektion klockan elva så det passade ut-märkt att äta en stadig frukost i trevligt sällskap. Ja, det är inte jag som är det trevliga sällskapet utan klienten. Som han aldrig har träffat. När jag påpekade det sade han att jämfört med mig är alla trevliga. I synnerhet måndag morgon. Jens måste vara med överallt. Han tror inte att någonting fungerar om han inte håller ett vakande öga på allting. Yrkesskada tror jag. Han är lärare av den gamla pekpinnesorten fast han bara är fyrtio.

Lunchen var ingen riktig lunch. Inte ens kaféer serverar lunch klockan nio. Men det fanns goda smörgåsar och smaskiga bullar med fyllning av vanilj och hallonsylt. Medan jag lastade en bricka full tittade jag mig omkring efter klienten. Det satt en slank kvinna vid ett bord för fyra och jag gissade att det var hon. Ja, det fanns inga andra gäster i lokalen så jag behövde inte använda min berömda slutledningsförmåga. Hon såg ut att vara tjugofem. Jag hörde några gäster komma in och skrapa av skorna på dörrmattan men jag vände mig inte om för att titta på dem. De sade ingenting när de valde bland läckerheterna så jag gissade att de inte kände varandra.

Det var ingen bra gissning. De kände inte bara varandra utan även mig. När jag kom fram till kassan för att betala dunsade det till på min bricka och ett fat med en gigantisk smörgås nästan krossade min bulle. Innan jag hunnit protestera dunsade det till igen. Ett fat med en likadan smörgås. Det nästa jag hörde var en röst som ändrade min beställning från en kopp kaffe till tre. Jenny, vem annars. Hon måste också vara med överallt. Inte för att övervaka utan för att hon tror att det inte händer något om hon inte är med. Bakom henne skymtade jag Jens glada danska nuna. När kassörskan tittade frågande på mig slog jag ut med handen i den hjälplösa gesten som jag har så

9

många års träning i. Det behövdes en bricka till för att transportera kaffekopparna men det hjälpte Jens och Jenny gärna till med. Jag skulle just påpeka att detta kunde vara ett bra tillfälle att lämna tillbaka min femhundring men då var de redan på väg till bordet där min klient satt.

Den stackars kvinnan såg alldeles förskräckt ut när kaféet plötsligt ockuperades av deckarfirma Freddy och hans självutnämnda medhjälpare.

Men så går det alltid när jag försöker få en privat stund med en klient. Min syster tror inte att jag klarar av att knyta kontakter med kvinnor. Hon tror att jag inte klarar av att knyta mina skor utan hennes anvisningar. Och hon älskar att ta över min deckarverksamhet. Det var det hon gjorde nu och började med att presentera sig som sekreterare Jenny i Freddys Agentur. Kvinnan flyttade sina stora förvånade ögon från henne till mig och från mig till Jens. Han kände sig naturligtvis tvungen att säga något skojigt om Freddy och hans skapliga deckeri. Jag hade råkat använda ordet skaplig på min hemsida och vid något tillfälle hade jag sagt deckeri när jag menade något annat. Så redan innan jag hade hunnit presentera mig hade mina vänner förstört min intention att framstå som den omutlige, tystlåtne jägaren som löser alla fall och aldrig sviker en klient. Hittills har den ambitionen alltid saboterats av JeJe som jag börjat kalla dem eftersom de alltid dyker upp tillsammans. Låter som jäjä på danska. Jens tror att jag försöker prata danska så han rättar mitt uttal. Jag satte mig mittemot kvinnan som slutade flacka med blicken när jag log vänligt och överslätande.

"Du får ursäkta mina skojfriska vänner. Jag hoppades att de inte skulle hitta hit. Det var mig du pratade med i telefon. Freddy Larsson."

Hon såg blyg och försagd ut och jag nickade ihärdigt för att få igång hennes tunga. Hon hade berättat i telefon att hon hette Carina Domback. Konstigt efternamn tyckte jag men jag bryr mig inte om petitesser som namn. Medan jag satt och funderade på nästa replik presenterade Jens sig på sitt charmiga sätt och hon sken upp. Alla kvinnor smälter när han ler på det sättet. Hon sträckte handen över bordet och hade hon inte suttit hade hon nog nigit. Nu blev det en liten nick.

Katarina Kromback, hörde jag henne säga och tog upp min lilla röda anteckningsbok för att skriva ner namnet. Jag var glad att jag inte hade talat om för Jens vad jag trodde att hon hette. Det hade satt igång hans humoristiska danska tunga. Dom i backen som får sin dom i backen och annat trams hade med stor sannolikhet förorenat luften den närmaste halvminuten. Jag undrade var jag fått Domback ifrån för hon pratade inte otydligt.

Å andra sidan hade jag missuppfattat förnamnet också. Inte första gången det hände fick jag erkänna. Jag lät pennan krafsa en stund innan jag stoppade undan anteckningsboken. Ser proffsigt ut att vara upptagen med anteckningar. Jag harklade mig och var lite förvånad att Jenny inte hade

11

lagt sig i ännu. Det slog mig att för några timmar hade hon sagt att hon var på väg till jobbet. Hon såg min förebrående blick men ignorerade den med ett snabbt leende. Jag ville inte starta ett familjekäbbel utan flyttade blicken till klientens ansikte och ändrade uttryck till vänligt frågande.

"Du nämnde i telefon att din bror försvann för tjugofem år sedan och att han inte hörts av sedan dess. Kan du berätta lite om omständigheterna kring försvinnandet."

Hon gjorde det med låg och osäker stämma och började med att säga att hon tyckte det var vänligt av mig att ta mig an hennes fall och att hon kände sig lite dum att besvära mig med det. Därefter en paus som om hon väntade på respons. Jens klappade handen hon vilade på bordet.

"Om man känner sig dum är det lugnande att ha Freddy i närheten. Om det hade funnits ett mästerskap i disciplinen 'känna sig dum' hade han varit så överlägsen att motståndarna känt sig dumma. Inte sant, Freddy?"

Jag suckade tungt.

"Bry dig inte om Jens, Katarina. Han är från Köpenhamn."

Hon såg ut som om hon trodde att den avslutande upplysningen skulle sätta igång en diplomatisk konflikt och vågade inte le förrän Jens blinkade åt henne. Hon lugnade ner sig med en klunk kaffe. Tydligen hade hon suttit ganska länge vid bordet för drycken såg ljummen ut. Kunde för all del bero på att det var mer mjölk än kaffe i kop-

var tio år äldre än Katarina. Hon nästan viskade fram att det gick ett rykte som sade att hon legat med alla som var intresserade. När hon sagt det vandrade blicken en lång stund mellan våra ansikten som för att registrera våra reaktioner. Det föga smickrande omdömet om den lättsinniga kvinnan var kanske det mest vågade hon någonsin sagt om en annan människa.

En antydan om snaskiga detaljer räcker för att väcka Jennys nyfikenhet. Det syntes i hennes tindrande ögon och innebar att från och med nu var det hon som ledde frågestunden.

"Kände din bror till det ryktet?"

Vi fick veta att Jonny varit så godhjärtad och så förälskad att han vägrat tro på det. Han var troligen den ende manlige Båssöbon under femtio som inte hade varit i säng med henne. Senare hade Katarina hört att man skrattade åt honom. Men då var han borta. Jag reflekterade tyst att godhjärtad tycktes vara ett familjedrag. Fast jag kallar den varianten godtrogen. Jenny frågade om Katarina kände till om kvinnan levde och i så fall var. Jag log resignerat när jag fyllde min lilla röda med anteckningar. Jenny hade presenterat sig som sekreterare men just nu var det jag som skötte det jobbet. Katarina verkade tycka att det var spännande att prata med Jenny. Utan att bry sig om vad Jens och jag tyckte om arrangemanget hade tjejerna bildat en diskussionsklubb och förvandlat oss till passiva åhörare. Katarina vände sina ögon mot Jenny utan att vrida huvudet. Jag konstaterade att hon hade vackra ögonvitor. Vackra ögon-vitor? Så säger man nog inte. Vackra ögon heter det. Men hennes ögonvitor var så framträdande i det ögonblicket att det var naturligt att tänka så. Hej, vilka vackra ögonvitor du har. Nej, det funkar inte. Vilka vackra näsborrar du har. Komplimanger är inte min grej. Katarina nickade och log när hon fortsatte. Men bara åt Jenny.

"Jag har inte sett henne sedan hon utförde en slags snyftföreställning efter att Jonny försvunnit. Som om hon vore hans änka. Vad jag vet besökte hon aldrig ön efter det. Mina föräldrar ville gärna tro att det berodde på brustet hjärta."

Jenny såg ut som om hon väntade på fler och snaskigare detaljer.

"Kommer du ihåg om det fanns en speciell rival bland hennes älskare vid den tiden? Någon med ett namn och ett ansikte?"

Katarina nickade ivrigt som om hon väntat och hoppats på just den frågan.

"Dom påstod att det fanns en annan. Någon som var ute på ön för att göra ett jobb men vi fick aldrig reda på vem han var. Ingen ville tala om det. Det är fortfarande ett känsligt ämne. De som var vittnen till det som hände den kvällen blir tysta och besvärade när saken kommer på tal."

"Vilken kväll?"

"Kvällen när Jonny försvann. Det var en lördag. Danskväll på ön."

"Vilket slags jobb var det som utfördes av rivalen?"

18

Katarina skakade på huvudet och berättade att det kom ut så många hantverkare på sommaren. Snickare, murare, elektriker, byggjobbare och andra. Ön var för liten för att hålla sig med en egen kår av yrkesmän.

"Pratade du med dina föräldrar om den här personen?"

"Det tog en tid innan ryktena nådde oss och vi visste inte om de var sanna. På den tiden räckte det med en snabb sidoblick för att sätta igång svartsjukan. Åtminstone därute på de små öarna."

Jens nyfikenhet hade också väckts. Det syntes på ögonen som drogs ihop till smala springor. Relationer och otrohet tillhör hans favoritämnen.

"Jag tror inte det har ändrats mycket och jag kan försäkra dig att det inte är unikt för öarna. Men även om det fanns en rival är väl steget ganska långt från att tycka om samma flicka till att ta livet av varandra."

Katarina nickade igen. Den här gången med sorgsen min.

"Jag kanske inte skall börja rota i den här gamla historien. Jag förstår om ni tycker att jag skall släppa alltihop. Det finns inte mycket att börja med."

Jag hörde den vädjande tonen men innan jag hunnit försäkra att man inte skall ge upp innan man börjat avbröts jag av Jenny. För henne var fallet redan igång. Hon hade inte bara tagit över utfrågningen, hennes hjärna smidde redan ränker och lade upp en taktik. Ärligt talat tyckte jag också att det hela kändes hopplöst. Men sådant kan man inte säga till Jenny. Då ger hon mig den medlidsamma blicken och säger att allting känns hopplöst när jag är i närheten. Hon lade en tröstande hand på Katarinas arm.

"Kommer du ihåg vad den här kvinnan heter?"

"Hennes förnamn var Sandra. Efternamnet var kort och lät barskt. Bark eller Mark eller Park eller någonting ditåt."

Vi smakade på Sandra Bark och instämde i omdömet. Det lät barskt. Mark och Park förbättrade inte känslan. Jens frågade om hon var gift. Jag förstod syftet med frågan. Var det någon mening att leta under namnet Bark i telefonkatalogen? Katarina upprepade att hon inte träffat kvinnan på tjugofem år och att hon inte visste någonting om henne. Under pausen som följde koncentrerade vi oss på våra smörgåsar. Jag som inte hade pratat oavbrutet hade hunnit fram till min bulle och granskade den belåtet ur olika vinklar. Flottyrbulle med vaniljfyllning är en av mina favoriter. Dessvärre en av Jennys favoriter också fick jag lära mig när en blixtsnabb hand snappade åt sig den. Innan jag hunnit protestera hade hon tagit en tugga. Jag tittade med stora ögon på hennes smörgås som hon inte hade ätit upp. Hon förklarade att hon inte orkade mer. När jag frågade varför hon orkade min bulle men inte sin egen smörgås sade hon att det är en annan sak. Färdigdiskuterat. För att hålla masken inför Katarina låtsades jag att det här var den normala proceduren när

Freddys Deckarfirma befinner sig på kafé. När jag tänker efter är det den normala proceduren var vi än befinner oss. Jenny lägger beslag på godsakerna och ler sitt charmiga leende. Därmed är brottet preskriberat. Hon fortsatte utfrågningen med samma friska aptit.

"Kommer du ihåg var hon bodde? Jag gissar att sommargästerna kom från olika delar av landet."

Katarina hade följt bulldramat med förvånade blickar och blinkade till när hon befann sig i centrum för uppmärksamheten igen.

"Jag vet att hon bodde i Göteborg på den tiden. Någonstans i de västra villaområdena."

"Vi hittar henne. Freddy kan ett knep. Telefonkatalogen."

Jag suckade och förklarade att om namnet var så ovanligt som i det här fallet kunde till och med Jenny hitta det. Hon kan alla bokstäverna. Under samtalets gång hade jag fått en känsla av att Katarina inte var van vid Göteborgs lättsamma jargong. Hon blinkade förskräckt varje gång hon trodde att en kommentar antydde brist på respekt och såg ut som om hon väntade sig att den tilltalade skulle bli förbaskad och resa sig och gå. Jenny noterade också attityden och försökte locka fram ett leende hos den vankelmodiga kvinnan. Katarina lade inte märke till gesten. Hon bytte ämne men fortsatte prata i samma tveksamma ton.

"Jag ärvde lite pengar av en tant som inte hade någon annan att ge dem till. Det är därför jag har råd att engagera en privatdetektiv."

Fastän inlägget var tydligt adresserat till mig var det Jenny som svarade. Och det på ett sätt som inte alls stämde med mina avsikter. När det gäller finanser är jag strikt affärsmässig, både när det gäller min lilla importrörelse och min deckarfirma. Jenny förklarade ogenerat att pengar inte var något att bekymra sig för. Farbror Freddy bedriver bara sitt deckeri som en hobby för att han inte vet hur han skall få tiden att gå. Jag protesterade med spretande fingrar i luften men innan jag hunnit förklara tog magister Jens över och spädde på med att berätta att jag har en annan lönsam verksamhet där jag importerar och säljer allt från porslinstomtar och tyghundar och toalettborstar till filmer för privata sällskap.

Det senare har jag slutat med för längesedan men Jens tycker om att antyda att min verksamhet gränsar till det kriminella eller åtminstone att det finns tveksamma komponenter. När det äntligen hade fnissats färdigt åt de skröpliga skämten kändes det försent att rätta till dumheterna.

Katarinas reaktion bekräftade min gissning att självförtroende inte hörde till hennes framträdande egenskaper. Hennes blick började flacka igen och stannade än en gång på Jennys charmigt leende ansikte.

"Men någonting skall jag väl ändå betala."

Så där ja, inte nog med att de tar över deckar-jobbet, de lägger sig i hur finanserna skall skötas också. Och saboterar hela mitt upplägg. Hur gör jag nu för att få Katarina att förstå att ingenting är gratis. Mitt leende kändes som om någon höll på att klistra fast det under näsan.

"Vi kan diskutera det senare. Först fokuserar vi på fallet." Jag knackade lätt på min anteckningsbok. "Vad vi vet så här långt är att din brors flickvän var otrogen. Rivalens namn och yrke okänt men han besökte ön i egenskap av yrkesman och utförde ett jobb. Vi vet inte vilket jobb eller åt vem det utfördes. Något mer?"

Jag såg i ögonvrån att Jens blinkade åt Katarina. Han satt bredvid mig.

"Du hör att Freddy är en metodisk person. Det har med hans stjärntecken att göra. Han är född i jungfruns tecken."

Till allas förvåning sken hon upp som om hon fått besked om en lotterivinst. Vi skulle senare lära oss att astrologi var hennes stora hobby och intresse.

"Jag är född i vågens tecken."

Jag tackade henne för upplysningen med en obekymrad nick, än så länge omedveten om att just jungfrun och vågen matchar varandra i astrologernas bok om lämpliga äktenskapspartners. Men det var mer än stjärnbilden som måste stämma skulle jag få lära mig. Min penna krafsade oavbrutet fast det kändes löjligt att notera de närvarandes astrologiska hemvister.

"Jenny är till allas förvåning född i den ständigt stångande stenbockens tecken. Och Jens är lejon, alltid redo att sätta tänderna i ett byte."

Jenny nickade överseende åt mitt håll innan hon flyttade blicken till Katarina.

"När Freddy är på skämthumör är det bäst att sätta i propparna. Annars kan öronen skadas av skrattsalvorna." Hon gjorde en insinuant paus mellan orden skämt och humör så att det lät som skämt humör.

"Bor dina föräldrar kvar på ön?"

"Mamma dog för många år sedan. Pappa är den ende permanente invånaren numera. Han är väldigt envis. Och han dricker för mycket."

Hon berättade att fadern var åttio år, att han klarade sig själv och att hon åkte ut några gånger i månaden för att hjälpa till med städning och andra praktiska göromål. Annars sköttes kontakterna via telefon. Hon brukade också ta med sig mat, mest konserver för att han inte skulle svälta ihjäl. Han hade nästan slutat äta men kompenserade med öl och whisky. Hennes min antydde djup smärta över hans förfall. Hon lät oss också förstå att innan Jonny försvann hade han inte rört något starkare än kaffe. Spriten hade en oangenäm inverkan på honom. Han blev elak och grinig. Å andra sidan var han inte särskilt trevlig när han var nykter heller. Sociala kontakter borde inledas efter den första groggen och avslutas innan den fjärde. I det skedet kunde han komma ihåg ganska mycket från förr. Jag undrade tyst hur lång tid som brukade förflyta mellan grogg ett och fyra. Tydligen gällde det att ha en arsenal av frågor färdiga att fyra av medan tvåan och trean var i tjänst. På frågan om han inte skulle ha det bättre på ett äldreboende fick vi veta att Katarina försökt få in honom på ett sådant i åratal. Hans ekonomi tillät utan vidare ett bekvämt boende under ordnade former. Men han ville dö nära havet. Dessutom hävdade han att han var frisk som en nötkärna. Jens frågande gest avslutade den eftertänksamma paus som uppstått efter redogörelsen.

"Vad tycker han om att du börjar rota i fallet efter alla dessa år?"

"Det är ett av de få beslut jag har fattat som han inte har invändningar mot. Han till och med uppmuntrar mig. Han har utfäst en belöning till den som lämnar tips som leder till att den skyldige grips. Han är övertygad om att Jonny blev mördad."

Hon öppnade sin axelväska som hängt på stolsryggen och drog fram ett tidningsurklipp. Pappersbiten vandrade runt och alla tog in att en ung man försvunnit under mystiska omständigheter tjugofyra år tidigare. Trots dykningar och draggningar runt ön hade man inte hittat någonting. Enligt polisen fanns inga brottsmisstankar och fallet hade avskrivits för många år sedan. Artikeln avslutades med att fadern till ynglingen utfäst en belöning på tiotusen kronor för upplysningar som ledde till att fallet klarades upp. Vi nickade fun-

25

dersamt. Jens avbröt igen när jag trodde att jag äntligen skulle få en chans att komma med i samtalet.

"Vad grundar han sina misstankar på?"

Katarina ryckte på axlarna.

"Delvis på de rykten om svartsjuka som cirkulerade. Men mest för att han är full av hat."

"Hat mot vem?"

"Mot polisen för att de inte ansträngde sig, mot den okände rivalen och de tillknäppta öborna. Med tilltagande alkoholism har han börjat hata alla för att han tycker om att hata."

Jenny klappade hennes arm igen och log tröstande.

"Men han hatar inte sin älskvärda dotter?"

Hon visade en rad jämna vita tänder i ett snabbt leende.

"Nej, det gör han nog inte."

Jag skrev ner faderns namn, telefonnummer och vägbeskrivning till hans hus. Eller rättare sagt en beskrivning av hans hus eftersom man kunde se det från bryggan där skärgårdsbåten lade till. Den ordinarie båten gick inte ofta till de mindre öarna så här års – vi befann oss i början av november – men man kunde åka taxibåt. Gamle Harry var billigast och jag skrev upp hans namn och telefonnummer också. Vi kom överens om att göra ett besök på ön så snart vi kunde. Katarina ville också vara med. Hon skulle ändå ut och se till moderns grav inför vintern och fylla på faderns förråd av förnödenheter. Vi kom överens om dag

och tid. Jens kollade med sin almanacka och note-
rade att han var ledig den dagen. Magistern ville
förstås vara med och sätta betyg på mitt sätt att
leda undersökningen. Fast *leda* är nog inte rätt
beskrivning av min insats. Hittills hade jag bara
ställt den inledande frågan. Därefter hade jag
kommenterat och antecknat vad andra hade frågat
och svarat. Jenny sade ingenting om att hon ville
vara med men det betydde inte att vi skulle slippa
henne. Hon är mästare på att dyka upp oanmäld
på de mest olämpliga platser.

Det kändes fortfarande som om fallet var olös-
ligt. Hade det inte varit för Katarinas smittsamma,
vädjande attityd hade det kanske varit läge att
tacka nej till uppdraget. Som om hon läst mina
tankar sökte hon min blick och log blekt igen. Jag
log tillbaka men kände att leendet inte uttryckte
den uppmuntran som situationen krävde. Jag
kände mig som en tonåring på kafé med en flicka,
båda för blyga för att säga någonting. Det irrite-
rade mig en smula att jag tänkte på henne som en
flicka. Hon var faktisk i yngre medelåldern. Pre-
cis som jag. Känslan av osäker flicka gick över
när hon stoppade ner tidningsurklippet och jag
råkade kasta en blick ner i hennes väska. Kolven
på en revolver syntes så tydligt att jag inte kunde
ha misstagit mig. Jag fick en chock och tittade
mig omkring. Det var bara jag som satt så till att
jag kunde titta ner i väskan. Jag kände hur hjärtat
slog ett extra slag. Varför gick denna timida va-
relse omkring med ett handeldvapen i sin axel-

väska? Någonting var kraftigt ur balans men jag kunde inte göra något annat i det här läget än att luta mig mot den gamla klyschan om alltings naturliga förklaring. Jag fick anstränga mig för att hindra huvudet från att skaka som det gör ibland när hjälplösheten slår klorna i mig. Inte ens jag, deckare Larsson är beväpnad. Det vill säga, beväpnad med annat än ett skarpt intellekt. Om jag får säga det själv.

# Envis ensling på enslig ö

Jag tror att de flesta människor gör sin egen indelning av människosläktet. Och då menar jag inte kön eller ras. För akademiker Jens är det förstås enkelt – belästa och icke belästa. Jenny gör det ännu lättare för sig – kloka och dumma. Och då behöver man inte undra till vilken grupp hon räknar sig själv. Eller mig. Min indelning är lite knepigare – folk som märks och folk som inte gör det. Eller de som tränger sig fram och de som håller sig i bakgrunden. Jag har nämligen en egen idé om skapelsen. Inte skapelsen som gud påstås ligga bakom utan skapelsen av mig, deckare Larsson. Eller skapandet är kanske ett bättre ord. Det är nämligen så att jag sedan många år försöker tvätta bort en föreställning att jag är skapad av en sjuk hjärna – inte min sjuka hjärna – utan någon annans sjuka hjärna. Idén kommer från filosof Descartes som lär ha kläckt ur sig *'jag tänker alltså finns jag'*. Jens har berättat om honom. Det har lett fram till min variant på temat – fast tvärtom. *Jag tänker inte alltså finns jag inte.* Fortsättningen på det resonemanget blir att när jag slutar tänka försvinner jag. Eller jag försvinner när den sjuka hjärna som skapat mig slutar tänka eller dör. Usch, det känns nervöst. Om jag hade invigt Jenny i mina funderingar skulle hon ha sagt att om den teorin stämmer har jag aldrig funnits.

Att jag kommer in på det här beror på mötet med taxibåtföraren Harry. Jag tror att hans indelning av människornas är ungefär lika enkel som Jennys. Eller mer handfast – sjömän och klumpiga odugliga landkrabbor. Slutsatsen drog jag efter att ha snubblat ombord på hans båt. Verkligen snubblat. En av mina specialiteter. Jag stötte foten mot en avbalkning på däcket och famlade vilt efter stöd som jag fick tag i sekunden innan jag dröste omkull. Stödet råkade bli Harrys arm. Jag bad om ursäkt med ett generat leende när jag släppte armen och torkade av händerna på mina byxben. Hans jacka var fuktig av närheten till vattnet gissade jag för det var varken dimma eller regn. Jag såg på hans blick att jag genast sorterades in i grupp två. Och då kommer vi osökt in på del två av min egen indelning – människor som inte finns och inte märks. För under resten av resan tittade han inte på mig en enda gång. Däremot såg han Jenny. Ja, hon dök upp i sista sekunden som hon alltid gör när jag är övertygad om att den här gången slipper vi henne. Det var inte många människor som befann sig på Långedrags bryggor vid det här tillfället men alla som var där såg henne. Eller hörde henne. Precis när vi skulle kasta loss från nocken på den yttersta bryggan hördes ett tjut som gick genom märg och ben. Alla ögon spärrades upp och vändes mot ljudet för att följa hennes färd ut mot Harrys båt. Vanliga människor som har bråttom när de befinner sig på en träbrygga går så fort de kan eller småspringer. Har de en cykel så leder de den. Jenny började med att cykla nerför en trappa till första bryggan – dunsarna när däcken slog i nästa trappsteg hördes ända ut till oss. Sedan trampade hon snabbt trettio meter till nästa trappa och nerför den också för att komma ner till bryggan som ledde ut till Harrys båt. Den sista bryggan var sextio meter lång och på vägen rammade hon skylten som talade om att cykling på bryggorna är förbjuden.

Den ende som såg ut att uppskatta föreställningen var Harry. Jens som är van vid hennes upptåg visade inte med en min vad han tyckte. Katarina famlade skräckslagen efter stöd mot relingen när cyklisten balanserade i hög fart på bryggans yttersta bräda och tvärnitade en halv meter från båten. Jens hjälpte till att lyfta cykeln ombord. Jag kanske skall nämna att det är min ganska nya tioväxlade cykel som hon lånat och vägrar lämna tillbaka. Man kan ju bara gissa vad färderna nerför trapporna gjorde med hjulen och däcken. Det bekymrar inte Jenny. Hon lämnar in den för reparation och skickar räkningen till mig. Du måste sköta om din cykel annars går den sönder, säger hon förebrående. Harry grinade med hela sitt skrynkliga ansikte när han gick bakom henne mot styrhytten. Jenny är inte bara stadens ledande cykelmonster, hon är dessutom på medaljplats när det gäller åtsittande jeans. Och hade hon inte varit min syster hade jag nog tyckt att hon har en välskapt underkropp. Ja, överkropp också men den syntes inte under den tjocka jackan.

Katarina hade hämtat sig från chocken när vi samlades inne i hytten hos Harry. Båten var en ombyggd fiskebåt med en rymlig styrhytt. I november är det alltid kallt nära vattnet och värmen i hytten kändes skön.

Harry var en godmodig man i sjuttioårsåldern. Och han tyckte om kvinnor. Hans blick vandrade mellan Katarinas blyga slanka uppenbarelse och Jennys charmigt leende ansikte. När tillfälle gavs slank blicken ner mot hennes stjärt. Det var ingen diskret blick som han försökte dölja utan en glad och girig blick som sög i sig allt kvinnligt som fanns inom synhåll.

Han började färden med att sparka backslaget till framåtläge, något som ackompanjerades av ett kraftigt metalliskt ljud ungefär som när man slår en järnstång mot en bit massiv plåt. Jag vet att det inte finns kopplingslameller på gamla båtmotorer utan metall griper tag i metall på ett brutalt sätt. Därefter drog han upp gasreglaget till marschläge och slamret från dieselmotorn steg till öronbedövande. Grinande åt alla håll men mest åt Jenny styrde han båten ut genom gattet i småbåtshamnen. Jens och jag hade inte hunnit växla många ord med honom och nu undrade vi hur vi skulle göra oss hörda över slamrandet. Men det var inget stort bekymmer, Harry skötte konversationen nästan helt på egen hand under de trettio minuter färden varade. Han var van vid oljudet och visste vilket röstläge han skulle välja. Jens har också en kraftig stämma när han höjer den, tränad i undervisning av kaxiga tonåringar gissar jag. Jenny har ett intimt sätt att luta sig nära människor och gör sig enkelt hörd i alla sammanhang. Katarina var också van vid ljudnivån efter otaliga resor med Harry. Det var bara jag som inte visste vilket tonläge jag skulle välja. När jag prövade rösten tycktes den åka tillbaka ner i halsen och slukas av något svampformigt bihang i lungorna. Efter några försök gav jag upp och konstaterade att det var som vanligt. Jag fanns inte. Inte ens min röst fanns.

Harrys monolog började så snart vi kom ut i farleden. Jag hade väntat mig en berättelse om livet i skärgården och sjömanslivet i största allmänhet. Ämnen som jag tycker om att lyssna till i trevliga sällskap över en flaska vin. Men inte presenterat av en tenorstämma som hade fått Jussi Björling att blekna. Blandningen Harrys röst och dieselmotorns öronbedövande slamrande fick efter en stund den väntade effekten. Bedövande. Eller i mitt fall sövande. Jag kände att ögonlocken blev tunga. Men det fanns ingenstans där jag kunde sträcka ut mig och ta en tupplur så jag satte mig på en träbänk och lyssnade. Harry kände naturligtvis Algot väl och vi förstod att det var han som levererade dryckesvarorna. Efter att han förhört sig med Katarina om hennes och Algots hälsa beklagade han Jonnys försvinnande och berättade att han läst artikeln som utlovade belöningen. Jag slölyssnade tills han nämnde att han några dagar tidigare kört ut en främling till ön. En person i femtioårsåldern med struttande gång. Jag försökte föreställa mig struttande gång och tänkte på en löjtnant från min lumpartid som hade spatserat på ett speciellt sätt när han ville imponera på damer. Harry hade ett personligt minne av den här struttande mannen. Kring tiden för Jonnys försvinnande hade öborna låtit gjuta ett betongfundament mellan träbryggan och berget och den som hade gjort det hade också rört sig på det stroppiga sättet. Jenny lutade sig mot Harrys öra och frågade någonting som jag inte kunde höra. Hon luktar alltid friskt som av tuggummi eller nyborstade tänder även om hon inte tuggar tuggummi eller det är flera timmar sedan hon borstade tänderna. Harry tyckte om att ha henne tätt intill sig och grinade med hela ansiktet. Han berättade att han hade släppt iland figuren och sedan tuffat iväg på ett annat uppdrag och hämtat honom två timmar senare. Jens mäktiga danska stämma överröstade bullret när han frågade vad mannen haft för ärende. Harry visste inte det men han hade sett honom gå och sätta sig i det lilla vindskyddet som stod på bergknallen närmast bryggan. Jag förstod att han tyckte det var konstigt att någon åkte ut till vindpinade Båssö en kall novemberdag och ville fråga mer om Harrys minne av struttmannen men hörde inte själv vad jag sade. Men det var som om han läste mina tankar utan att titta på mig för han började genast berätta om ombyggnaden av bryggan som tidigare varit helt av trä och fortfarande var av trä utom just fundamentet. De flesta av öarna hade numera solida betongbryggor, bekostade av respektive vägförening med bidrag av kommunen. Men de snåla Båssöborna hade använt samma gamla plankor till den nya bryggan. När han sade snåla Båssöbor kom han att tänka på att en av dem stod inom hörhåll och mildrade med tillägget att det var ju inget fel på virket.

Alla utom jag tystnade för att vila stämbanden. Det vill säga, jag var också tyst men inte för att jag behövde vila stämbanden. Färden gick genom trånga gatt mellan större och mindre öar. Otaliga skär och holmar dök upp och försvann på båda sidor av båten. Runda fina badklippor som inte såg särskilt inbjudande ut i november. Min pappa hade haft en träsnipa som vi ofta varit ute med på somrarna. Så jag var inte så ovan vid sjön som Harry trodde. Faktiskt skulle jag kunna ta över rodret och göra en snygg tilläggning när vi nådde vår destination. Jag kände farlederna väl. Redan som fjortonåring hade jag fått sköta roder och motor och senare hade jag blivit något av en virtuos på tilläggningar. Detta var minnen som kom tillbaka nu när jag återsåg de gamla badvikarna efter mer än tjugo år. Minnet av Jenny som fyraårig vilde återkom också. *Passa lillasyster* hade varit ett stående kommando. Mamma hade inte varit med. Hon och pappa var skilda så ansvaret för Jenny vilade tungt på mina tunna axlar när vi var ute med båten. Jag vet inte hur många gånger jag tvingades dyka för att dra upp henne. Hon tvekade aldrig att kasta sig i var som helst fastän hon inte kunde simma. När hon hjälpligt lärt sig den konsten fick jag ibland ro med en liten jolle vi brukade ha med oss och hämta upp henne när hon var på väg mot Danmark med sprattlande armar och ben.

Båssö tilläggsplats dök upp i vårt synfält efter att vi rundat en udde och passerat en trevlig liten badplats. Vi betraktade bryggan med det omtalade betongfundamentet. När vi lade till – eller dunsade mot bryggan så att vi tappade balansen och tvingades famla efter nya stöd – såg jag Algots hus på en klippa inte långt ifrån tilläggsplatsen. Jag förstod att det var hans hus eftersom det var det enda huset inom synhåll som inte var vitmålat. Något som Katarina hade betonat. Vi avtalade tid med Harry för återfärden. Han backade ut och vinkade bakom vindrutan när han vände stäven mot nästa ö för att hämta ett annat sällskap. Vi hade bestämt att Jens och jag skulle promenera upp till Algot och bekanta oss med honom medan Katarina gick till sin mammas grav för att dekorera med lite granris och några kvistar ljung inför vintern. Jenny ville göra henne sällskap. Per cykel, förstås. Senare skulle alla träffas hos Algot och dricka en kopp kaffe innan vi tuffade tillbaka till staden.

Innan vi gick upp till Algot tittade vi oss omkring vid tilläggsplatsen. Det slog mig att cementen på bryggfundamentet verkade slarvigt applicerad, åtminstone det översta skiktet. Grovt och hackigt. Men tjugofem års trampande på ytan hade jämnat till de värsta skavankerna. Utom i kanterna. Jag påpekade detta för Jens som bara ryckte på axlarna. Han har inte en detektivs skarpa blick för detaljer. Min andra fundering, att den här cementarbetaren kunde vara den okände rivalen, höll jag för mig själv. Men jag skulle få lära mig att jag inte var ensam om de misstankarna.

För att komma upp till Algots hus var man tvungen att traska på våta klipphällar. På några ställen låg lite singel eller sand som skulle föreställa vägbeläggning men som mest markerade riktningen. Jag hade rätt sorts skor med grova sulor men Jens promenadskor hade passat bättre i Gothia Hotels lobby. Han testade fästet varje gång han satte ner en fot på de hala ytorna.

Algot tog emot oss utanför huset. Det första intrycket stämde obehagligt väl med Katarinas beskrivning av honom i nyktert tillstånd. Hans bleka blå ögon vandrade fientligt mellan våra ansikten. Den alldeles för stora skepparjackan hade ett tunt skikt av finfördelad fukt som om tyget sugit åt sig den fuktiga luften. Ett par oborstade kängor doldes nästan helt av säckiga manchesterbyxor. Båtmössan vilade på hans stora utstående öron och hade kanske gett intryck av byfåne om inte den skarpa blicken upplyst oss att hans sinnen var på helspänn. Rösten var tunn och kall med ett egendomligt metalliskt biljud.

"Är ni poliser?"

Han tittade på mig så jag kände mig manad att svara. Han visste mycket väl att vi inte var poliser. Jag började med att släppa ut ett nervöst skratt.

"Inte alls. Vi är vänner till Katarina. Hon bad oss hjälpa till att klara ut mysteriet med Jonnys försvinnande."

"För att lägga beslag på belöningen?"

"Inte alls. Vi kände inte till den förrän Katarina nämnde den."

"Men nu när ni känner till den skulle ni inte ha något emot att lägga beslag på den."

"Inte alls. Vi bryr oss inte om den. Skulle våra undersökningar leda till något resultat är vi bara vara glada att ha varit till hjälp."

Jag undrade varför den gamle mannen hade erbjudit en belöning om han var så negativt inställd till den eller de som kunde komma i åtnjutande av den. Jag hade just tänkt påpeka den detaljen när gubben vände sig till Jens med samma ilskna uppsyn.

"Är det allt han kan säga? *'Inte alls'*."

Han uttalade orden på ett otrevligt sätt och pekade mot mig med tummen. Jag såg på Jens blick att han höll på att skifta attityd. Rösten hade den där skärpan som när som helst kunde övergå i ilska.

"Frågorna var ställda så att det var naturligt att svara som han gjorde."

"Varför är inte Katarina med er?"

Det var med största motvilja vi accepterade det faktum att den här motbjudande individen var angenäma Katarinas far. Jens talade högt som man ofta göra när man pratar med äldre människor man inte känner.

"Hon kommer senare. Hon skulle titta till sin mammas grav."

"Varför skriker du åt mig? Jag är inte döv. Om du skriker på det sättet kommer jag att bli det." Han gjorde en grimas som gav associationer till Charles Laughtons tolkning av ringaren i Notre Dam.

Jens gjorde också en grimas.

"Förlåt, jag menade väl."

Algot stod bredbent och vilade händerna på handtaget till en käpp. Han såg ut som om han skyddade sin egendom mot inkräktare.

"Så ni har bestämt er för att börja rota i den här gamla historien. Vad är det som får er att tro att ni skulle kunna åstadkomma någonting som visat sig vara för svårt för alla andra, inklusive polisen?"

Jag såg på Jens att han började repa humör på allvar. Normalt är han vänlig och diplomatisk men han har en gräns som inte får överskridas. Det var det Algot var på väg att göra med sin fientliga attityd. Jens bet ihop tänderna så att kind-musklerna spändes hårt.

"Vi har accepterat fallet bara för att Katarina bad oss. Vi har inget personligt intresse av att hitta er son."

Plötsligt grinade gubben otäckt och satte blicken på mig.

"Vet du om att du liknar den jävla banditen som mördade honom. Hur vet jag att du inte kommit för att mörda mig också?"

Jag har inte lika hetsigt humör som Jens. Enligt magistern har jag inget humör alls. Jag gjorde en slapp gest.

"Men det är ju alldeles utmärkt. Då vet vi hur han ser ut. Ett ögonblick."

Jag drog fram min anteckningsbok och lät pennan beskriva rörelser som om jag verkligen tog ner en beskrivning av mig själv. När jag slog igen boken utan att ha dragit så mycket som ett streck slog det mig att proceduren gick väl ihop med min image – mannen som inte finns och inte märks ens när man skall beskriva honom. Resultatet var en tom sida. Men mitt beteende fick Algot att mjukna. Han gjorde en grimas.

"Jag kanske tar fel. Han var nog längre än du."

Jens ögon smalnade som de brukar göra när han blir misstänksam eller irriterad.

"Såg farbror Algot någonsin den här personen?"

"Inte den gången. För tjugofyra år sedan."

Nu var det min tur att bli misstänksam. Hur kunde han tycka att jag var lik någon han aldrig hade sett. Vi väntade en stund på en fortsättning. Det kom ingen. Jag kom att tänka på Katarinas vana eller ovana att antyda en fortsättning och sedan tystna. Nu förstod vi var hon lärt sig det. Jens gjorde en frågande gest när pausen pågått för länge.

"Betyder det att farbror Algot såg honom vid något annat tillfälle?"

"Jag är inte din farbror. Säg *du* som normala människor."

Jag kastade en blick på Jens och såg att det började koka i hans huvud. Jag förstod att det var av artighet han använt den svenska vanan att kalla obekanta äldre människor farbror eller tant. Jag såg också att den undfallande attityden fasade ut och förstod att den var på väg att ersättas av magisterns barska uppträdande. Vikingastuket som jag kallar det. Det värsta han vet är att få sin vänlighet kastad tillbaka i ansiktet. Han började med att sätta ögonen på Algots knipsluga ansikte.

"Vi kan lika gärna göra en sak klar från början. Om du inte samarbetar med oss kommer det här mysteriet aldrig att lösas. Polisen har varken tid eller intresse av att arbeta med fall där de inte ens misstänker brott. Vi försöker bara vara hjälpsamma."

Vi granskade den gamle mannens uppsyn för att se om föreläsningen hade någon effekt. Jag funderade på Katarinas anmärkning om skiftningar i humöret beroende på olika grader av alkoholpåverkan. Just nu verkade han helt nykter. Det var

41

kanske det som var problemet. Jens ord hade ingen synbar påverkan men det kom ingen grälsjuk rekyl. Till min förvåning och lättnad gjorde gubben en gest mot trappan som ledde till dörren.

"Det är kanske bäst vi går in innan vi blir förkylda."

Gruset krasade under våra skor när vi förflyttade oss till betongtrappan som ledde upp till dörren. Ingången låg på den vindskyddade östsidan av det stora trähuset. Vi var tacksamma att vi följt Katarinas råd och tagit tjocka sockor med oss. Jens hade till och med ett par innetofflor av fårskinnsmodell i sin axelväska. Köksgolvet var isande kallt. En gammal vedspis tycktes vara den enda värmekällan men Algots eldningsmetod var sådan att man fick placera sig alldeles intill gjutjärnet för att tillgodogöra sig värmen. Han öppnade eldningsluckan och rörde en stund med en spiskrok.

"Jag skulle gärna bjuda på en kopp kaffe men den här elden lär inte få vattnet i kokning."

Vi tittade på en modern elektrisk spis som var placerad under ett fönster vid andra sidan av det stora köket. På väggen bredvid hängde ett lika modernt elektriskt element. Jag såg på reglaget att det inte var påslaget. Jens kastade en uppgiven blick på mig.

"Det är okej, vi är inga kaffedrickare."

"Vi får vänta på Katarina. Hon vet hur man får igång den gamla ugnen. Varsågoda och sitt." Han pekade på en gammal pinnsoffa. "Jag kanske får

42

bjuda på något annat. Om herrarna smakar, vill säga."

Jag drog fram en platt flaska ur en tygväska jag bar i en rem över axeln.

"Tillåt mig, Algot. Jag tog med lite nödproviant."

Han log för första gången och visade en rad förvånansvärt vita tänder.

"Förutseende. Och mycket nyttigare än kaffe." Han hämtade tre glas som han ställde eller smackade ner på köksbordet. "Folk har ingen aning om hur många sjukdomar man kan få av kaffe."

Jag visade etiketten. Reaktionen var den jag väntat och hoppats på. Algot satte ett par alldeles för stora glasögon på näsan. Allting tycktes vara för stort för den tunne gamle mannen. Han tog flaskan och vände den flera gånger för att läsa på både fram- och baksidan.

"Herre Jesus! Black Renault! Det har jag inte smakat på åratal. Förr i tiden kunde jag få en flaska av en generös kapten men det hände inte ofta. Du vet inte vad du kostar på dig, pojk."

"Den var inte så dyr. Jag köpte den på flygplatsen i Amsterdam. Helt andra priser än i Sverige."

Jag fick tillbaka flaskan och fyllde glasen nästan till brädden. Det var inga konjakskupor utan små raka deciliterglas av den typ man blir serverad ur på vingårdar i Tyskland när man bjuds på smakprov. Jag undvek att titta på Jens. Han visste att jag aldrig hade varit i Amsterdam. När vi läppjade på drycken såg jag att han gjorde en grimas som för att demonstrera vad han trodde det var. Men det var inte billig eau-de-vie utan en blandning av Grönstedts och en annan konjak som stått i mitt skåp i flera år. Jag tyckte det var gott. Vi ställde tillbaka glasen och tittade högtidligt in i varandras ögon på dryckesbröders vis. Jens gjorde en frågande gest.

"Så du tillbringade dit yrkesliv på sjön?"

"Bara tills jag fått mitt styrmansbrev. Efter det blev jag lots för att kunna tillbringa mer tid med min fru och mina barn. Så småningom blev jag mästerlots."

Jag undrade om det fanns någon skillnad i arbetsuppgifter mellan mästerlots och vanlig lots eller om det var en hederstitel som sammanföll med antalet tjänsteår. Innan jag hunnit ställa frågan drog Jens fram en anteckningsbok och bläddrade en stund. Jag betraktade boken med förnärmad min. Vad menade han med sådana tilltag? Jag hade inte gett honom tillstånd att ha en sådan. Det är bara chefsdetektiver som har anteckningsböcker. När jag tänkte efter hade Jenny också en. En liten röd precis som jag. Hur skall man kunna markera skillnader i rang om personalen apar efter chefen. Dessutom är både Jens och Jenny datanördar och borde anteckna på sina iPhones eller vad det heter. När jag tänker efter ännu mer brukar de göra det. Jens bok var i alla fall grå, inte röd. Han skrev en stund innan han lyfte blicken till Algots intresserade ansikte.

"Du nämnde att du inte hade sett den här okände mannen när han var här och gjorde vad han fick betalt för att göra, vad det nu var. Betyder det att du såg honom senare?"

Inte nog med att han kladdar i en anteckningsbok utan att fråga mig, han ställer mina frågor också. Jag tog en klunk konjak och tittade demonstrativt åt ett annat håll. Algot drog fundersamt i en örsnibb.

"Jag tror det."

"När var det?"

Algot berättade med lätt darr på stämman att det hade skett för en vecka sedan här på ön. Jag sneglade på honom och undrade om han blandade ihop sitt gamla hat med verkliga bilder. Precis när jag tänkt ut en intelligent följdfråga ställde Jens den också. Med mina ord.

"Hur vet du att det var han om du inte har sett honom förut?"

"Det finns en detaljerad beskrivning som jag hört av ett ögonvittne som fortfarande tillbringar sommar och helger på ön. Men jag pratade inte med honom förrän flera år efteråt. Mördaren var bara här ett par dagar. En helg måste det ha varit för allt skedde kring dansbanan och det var bara dans på lördagar." Det glimmade till i de gamla gulbleka ögonen. "Pojken berättade att Jonny troligen skuggade sin fästmö och främlingen. Han överraskade dem i en liten gäststuga i trädgården där hon bodde. Jag avfärdade naturligtvis beskrivningen av vad de haft för sig som elakt förtal

45

men senare hörde jag andra beskriva den långe mannen på samma sätt."

Jag sneglade på Jens och anade att han var lika skeptisk som jag. Algots misstro baserades naturligtvis på motvilja att tänka elaka tankar om sonens fästmö, men jag visste att de flesta beskrivningar passar in på mer än en person. Jens smuttade på sin konjak.

"Katarina nämnde att han var lång?"

"Det finns gott om långa snubbar men den här hade ett konstigt sätt att gå. Som en stroppig löjtnant i en stumfilm. Dom hade ett öknamn på honom men jag har glömt vad det var."

Jag tänkte på Harrys beskrivning av personen och min egen jämförelse med en löjtnant. Men min var från verkligheten. Undrar varför just löjtnanter passar in på sådana beskrivningar. Har nog en koppling till kavalleriets glada dagar. Äntligen kunde jag sticka emellan med en fråga.

"Var på ön såg du honom?"

Algot nickade genom fönstret mot tilläggsplatsen man kunde se ett hundratal meter längre bort. Han sänkte rösten som Katarina gjort på kaféet och lutade sig närmare Jens som satt mitt emot honom. Med hes viskande stämma berättade han att han hört taxibåten komma fast det bara var onsdag. Om någon kommer ut så här års för att se efter sitt hus väljer man helgen. Jag undrade om man verkligen kunde se tydligt nog på det avståndet. Algot förklarade att han försökt med kikare men att dimman varit så tät att han varit tvungen att knalla ner till bryggan. Han gjorde en paus och lugnade sig med en klunk konjak.

"Och där var han, den långe drufsen, mördaren som återvänder till brottsplatsen för att stoltsera med sin duktighet några månader innan brottet preskriberas. Jag var så rasande att om jag hade tagit med en yxa hade jag kluvit skallen på honom."

Jag hejdade mig med glaset halvvägs till munnen.

"Var han så nära?"

"Inte mer än två meter."

"Hur reagerade han när han såg dig?"

"Han såg mig inte. Jag hade gömt mig mellan två båthus. Och som jag sade, dimman var kompakt."

Jens skrev i sin anteckningsbok. Jag bestämde att senare informera honom att anteckningsböcker som används i pågående fall tillhör firman, alltså mig. Han tittade upp när han slutat skriva.

"Konstigt att Katarina inte nämnde det."

"Jag har inte berättat det för henne. Hon tycker jag är en gammal tok som bara inbillar mig saker och ting."

Vi tystnade för att fundera på informationen. Personen kunde faktiskt varit någon som bara ville komma ifrån staden och andas lite havsluft. Men det var ändå märkligt att besöket skett i november. Jens påpekade att preskriptionstiden för mord var borttagen i svensk lag. Algot ryckte på axlarna och sade att för honom hade det aldrig funnits någon preskriptionstid för mordet på hans son.

Jag frågade varför ingen tycktes komma ihåg den här mystiska personens namn. Någon måste ju ha engagerat honom och betalat hans faktura. Nej, det hade inte förekommit fakturor. Bara kontanter, inga kvitton. Ofta visste man inte ens vad hantverkarna hette. På den tiden fanns inga ROT-avdrag eller andra skattereduktioner. Jag gav mig inte så lätt.

"Men ungdomarna på ön måste ju ha pratat med honom om han fortfarande var här på lördagskvällen?"

"Jo, han var kvar men han var alldeles för stöddig för att prata med töntiga öbor."

"Var Jonny också där?" Svaret blev en stum nick. "Såg han fästmön dansa med främlingen?"

"Hon dansade ofta med andra pojkar."

Jag såg på Jens att hans tankar hamnade på samma sidospår som mina. Hon hade gjort annat än dansat med pojkarna. Men det var ingen idé att antyda sådana saker. Algot skulle ändå vägra tro på det. Och det var inte viktigt längre. Han berättade motvilligt att den långe främlingen hade traskat iväg med Sandra och att Jonny hade följt efter. Det hade inte varit något bråk inför andra vid dansbanan. Jonny var ingen bråkmakare, han hade hållit sig på avstånd. Jens undrade om någon annan av öpojkarna hade velat starta ett bråk med främlingen för att han hade tagit Jonnys flicka eller för att han var en översittare eller av någon annan anledning. Algot ville inte utesluta den möjligheten och vi undrade om hans vittne hade varit inne på samma spår. Nej, allt han sagt var att Jonny hade gått för att leta efter sin Sandra och att ingen sett honom igen. Någonsin. Jens såg fortfarande skeptisk ut.

"Om Jonny blev skadad eller dödad i slagsmål med den långe främlingen, kan det i så fall ha legat i åskådarnas intresse att tysta ner saken?"

Den gamle mannens huvud skakade sakta. Någonting sådant hade inte fallit honom in. Han påpekade att det fanns för många luckor i det resonemanget. Den första var att om det hade varit ett stort slagsmål skulle det varit omöjligt att tysta ner det på den lilla ön. Han grabbade tag i sitt glas och upptäckte att det var tomt. Jens fyllde det till brädden med min konjak. Utan att fråga mig. Han tittade inte ens på mig.

"Vad gjorde du efter att du fått syn på främlingen här på ön för en vecka sedan?"

Algot hade kommit upp i sitt tempo och svepte i sig hälften av konjaken med en rutinerad knyck på nacken. Han berättade att han hade ringt polisen men de hade sagt att de inte kunde göra någonting. Det är inte kriminellt att ta en taxibåt till vilken ö du vill och ta en promenad eller bara stå och titta. Vi nickade tyst att vi förstod att polisen måste ha den inställningen. Algot tittade en lång stund på Jens som om han började få respekt för det allvar med vilket dansken gick in för uppgiften. Mig såg han inte överhuvudtaget. Just som

49

jag funderade på ett sätt att återta initiativet till-lade han på sitt hesa viskande sätt att om polisen inte vill göra något är man tvungen att göra det själv. Därför hade han satt in annonsen med belöningen och lyckats få en reporter intresserad av det gamla fallet. Jens nickade allvarligt.

"Har du tänkt på att den här mannen kan ha fått syn på annonsen och artikeln. Och om han verkligen har mördat Jonny kan han få för sig att vidta åtgärder för att tysta alla som kan känna igen honom."

"Det är det jag räknar med."

Vi såg plötsligt en oförsonlig glimt i de gamla ögonen. Mina tankar hamnade osökt på spåret att mannens uppdykande på ön kunde vara kopplat till Algots hämndplaner. Vi hörde ytterdörren öppnas och skor torkas av på dörrmattan. Katarinas och Jennys röster lät upprymda som om de nyss hade skrattat. Jenny spelade upp sitt berömda charmnummer när hon presenterades för gamle Algot. Han log tillbaka så att ansiktet skrynklades ihop till ett stort russin. Pinnsoffan var tydligen hedersplatsen och hon erbjöds den lediga platsen intill mig. Katarina lade in en klabbe i vedspisen. Det sprakade hemtrevligt när den tog fyr. Men hon väntade inte på att den skulle bli så varm att det gick att koka vatten på den utan satte en kittel på den elektriska spisen. Jenny berättade att hon cyklat omkring på de smala slingrande vägarna medan Katarina pysslat med sin mammas grav och att hon tyckte att det var en trevlig liten ö. Algot fyllde i med att kyrkan var öbornas stolthet fastän den också var väldigt liten. Jenny smakade på konjaken i mitt glas och gjorde en grimas. Jag hoppades att hon inte skulle säga något om innehåll kontra etikett. Hon visste inte att det var min flaska så någon slags anständighet höll tillbaka kommentaren. Jens sammanfattade vårt samtal på sitt övertydliga magistervis. Jenny nickade intresserat när han tystnat.

"Vem äger tilläggsplatsen?"

Algot tittade på henne som om han inte förstod frågan. Eller motivet bakom den.

"Den ägs av öborna gemensamt. Byalaget."

"Så byalaget betalar reparationerna?"

"Ja, men vi får bidrag av kommunen och färjebolaget."

Jag började förstå vad hon var ute efter. Jenny är alltid ute efter något. Ett byalag kan inte kosta på sig att betala en hantverkare svart. I synnerhet om kommunala bidrag är involverade. Det måste finnas en redovisning någonstans. Kanske i stadsarkiven. Katarina dukade bordet med vackert gammaldags porslin. Jens tittade på Jenny som om han också läst hennes tankar. Mina också för han ställde precis den fråga jag tänkt ut. Någon ställer alltid mina frågor innan jag hinner öppna munnen.

"Då måste det finnas en faktura någonstans. Byalaget måste ha en kopia."

Medan Katarina serverade kaffe funderade vi på det nya spörsmålet. Sparade man fakturor så länge som tjugofem år? I så fall, vilka namnuppgifter fanns på dem? Om en etablerad firma utfört jobbet stod knappast namnet på den tjugofemåring som utfört jobbet. Vedklabben Katarina stoppat in i ugnen började göra nytta och vi kände hur värmen letade sig in i våra frusna kroppar. Kaffet gjorde också nytta och plötsligt tyckte vi det var mysigt i Algots kök. Jag blev lätt förbaskad när Jenny ställde frågan som väntat på min tungspets en lång stund. Jag hade bara väntat på rätt tillfälle att ställa den. En sådan känsla för stämningslägen har inte Jenny. Hon bara pladdrar på.

"Vem var kassör i byalaget på den tiden och vem är det nu?"

Algot tittade tyst på henne en lång stund medan han bearbetade minnet. Katarina slog sig ner vid kaffebordet efter att ha stoppat ytterligare en klabbe i vedspisens eldningslucka. En korg med stora släta vetebullar och ett fat med smör var det enda som stod på bordet förutom kaffekopparna. Katarina bjöd oss att ta för oss med en vänlig gest. Jag tog en bulle och smörade den i botten som jag trodde det var meningen man skulle göra. Det blev väldigt tjockt. Jag tvingades gapa som hos tandläkaren för att kunna ta en tugga. Samtidigt såg jag att Jens skar en skiva av en bulle och smörade som en smörgås. Jag hade inte sett att det låg en kniv bland bullarna. Dessutom fanns det en burk med marmelad som jag inte heller hade sett. Han bredde ett tunt lager på sin skiva och höjde den mot mig som när man skålar. Han är duktig på spydiga gester. Medan han tuggade lätt och ledigt hade jag en känsla av att ha börjat äta i ena ändan av en limpa. Munnen var så full av torr deg att om någon ställt en fråga just då hade det tagit fem minuter innan jag kunnat svara.

Det kom inget svar på Jennys fråga och vi undrade om Algot ens hört den. Katarina ställde tillbaka sin kopp efter en klunk.

"Men det måste du komma ihåg, pappa. Du var ju själv ordförande ganska många år."

Upplysningen fick det att gnistra till i de gamla ögonen.

"Förbaske mig om du inte har rätt. Jag fick kopior på alla fakturor för godkännande. Var har jag lagt dem?"

Den nya tankegången krävde ytterligare bearbetning av minnet. Beslutet blev att hela huset måste genomsökas och att han skulle ägna de kommande dagarna åt uppgiften. Detta blev avslutningen på besöket och vi tackade för förplägnad och vänligt bemötande.

När vi en stund senare tuffade tillbaka till staden med Harrys skramlande skuta försökte jag sammanfatta dagens intryck och fakta. Viktigast just nu var att få reda på den struttande mannens identitet. Det kunde kanske ske genom att prata med kvinnan han haft sitt kuckeliku med,

Sandra Bark, Mark eller Park. Jag beslöt att försöka få tag i henne nästa dag. Hon borde också vara i femtioårsåldern. När jag fattat det beslutet lutade jag mig tillbaka på den obekväma bänken och slöt ögonen. När jag öppnade dem igen stirrade jag på Jens nuna och kände hur han skakade mig hårt. Han påstod att jag hade somnat och snarkat så att de inte kunnat höra maskinen. Bakom honom stod Harry och grinade och bredvid honom Jenny med det där uttrycket som innehåller en hel roman. Just nu var temat *'stackars farbror Freddy, är dom stygga mot dig nu igen'*. Katarinas min var mer svårtydd men jag tolkade den som medlidsam. Jag brydde mig inte om förolämpningarna. Möjligen hade jag dåsat till några sekunder men det var omöjligt att somna på den hårda träbänken. När jag förklarade det tittade alla på mig med uppgivna blickar. Tystnaden var så kompakt att den spädde på min indignation.

Harry brydde sig inte om att förtöja båten utan lät maskinen trycka stäven mot bryggan när vi klev iland. Han skulle tuffa vidare för att hämta andra människor på någon ö. Affärerna tycktes gå bra.

Promenaden längs bryggorna stördes inte av några andra kommentarer än Jens spekulationer om människans ursprung. Det var jag som inspirerat honom till ett tillägg till Darwins teori. Hypotesen gick ut på att alla som utseendemässigt påminde om Homo Sapiens behövde inte härstamma från aporna. Det kunde finnas en länk till trögdjuren. Jag låtsades att jag inte hörde.

# Kvinnans vapenarsenal

Har jag berättat att Jenny skriver poesi? Jag tror jag har nämnt det vid något tillfälle. Nu har hon skrivit en dikt till mig. Eller om mig. Jag antar att jag borde känna mig smickrad men det gör jag inte. Dessutom spelar hon gitarr och har tonsatt den så att hon kan plåga omgivningen på ett mer raffinerat sätt. Just nu stod hon framför mitt skrivbord med gitarren hängande i en rem runt nacken. Snett bakom henne stod ständige följeslagaren Jens och grinade. Ryckningarna i hans mungipor antydde att han redan hade fått ett smakprov. Om ni vill veta hur den låter så har ni den här nedan. Men det går lika bra att hoppa över. Säger man förresten att en dikt låter? Tror inte det. Men en sång låter. Och den här sången lät förfärlig i mina öron.

VÄNTA PÅ MIG av Jenny Larsson

Tillägnas den skarpsinnige detektiven Freddy

*"Varför måste allting gå så jäkla fort, Varför får man inte ta det lugnt ibland, Jag hinner inte med, det går så jäkla fort, Jag måste stanna till och*

57

*pusta ut, det går så jäkla fort, jag kommer alltid*
*sist.*

*Varför måste allting vara så jäkla svårt, Varför*
*kan det inte vara lätt ibland, Jag gör mitt bästa,*
*men det räcker inte till, är det bara jag som inte*
*kan?"*

Där tog det slut. Tack och lov, tänkte jag och avhöll mig från kommentarer. Hon tycker sådant är skojigt. Jens också. Jag gissar att det finns en poäng någonstans. Hela spektaklet är en anspelning på något jag råkade säga till stressmonstret Jenny en gång. *Man hinner med allting bara man inte har bråttom.* Den ingår numera i anekdotfloran och låter så här: *När Freddy har bråttom hinner han inte med någonting, när han inte har bråttom hinner han med allting.* Jag låter henne hållas. Om jag försöker dämpa henne blir det värre.

Hon såg så belåten ut efter sin prestation att jag kände mig tvungen att nicka uppskattande.

Men det räckte inte. Jag blev uppmanad att lämna en recension och klämde ur mig att jag tyckte det var en käck sång. Då fick jag höra att jag inte förstår mig på konst och efter ramsan om pärlor för svin följde en tröttsam tirad om konstnärens lott och poesins subtila nyanser som bara uppskattas och uppfattas av de som utrustats med musisk begåvning. Jag lyckades hålla tillbaka en gäspning som drog i halsmusklerna.

När ordkaskaden tröttat ut henne lade hon ifrån sig instrumentet i soffan och ställde sig framför mig med korslagda armar. Jag trodde att det skulle komma en föreläsning till och gjorde en avvärjande gest.

"Tack, jag har fått min dos för idag. Dessutom får jag kanske påminna herrskapet om att jag befinner mig i initialskedet av ett komplicerat fall."

Hon tittade roat på mig.

"Komplicerat?"

Jens kände sig naturligtvis tvungen att falla in i den här melodin också.

"Initialskedet?"

De tystnade, betraktade mig en lång stund och gav varandra menande blickar. Både Jens och Jenny tror att jag använder ord jag inte begriper så de upprepar dem i frågande ton som om de vill att jag skall förklara. Jenny rundade av pantomimen med att ta fram ett tidningsurklipp som hon lade på skrivbordet framför mig. Jag ögnade igenom texten. Det var en artikel om en kvinna som blivit mördad i en mindre välrenommerad stadsdel. Inga namn nämndes. Jag ryckte på axlarna. Deras trams störde mitt upplägg. Framför allt störde det den lilla triumf jag förberett under morgontimmarna. Jag började med en tystande gest.

"Intressant. Då kan vi kanske koncentrera oss på fallet. Jag ringde Sandra Bark för en timme sedan. Det vill säga, jag ringde det nummer som stod i telefonkatalogen. Hon heter fortfarande Bark fast hon är gift. Eller hette. Hennes man svarade." Jag gjorde en dramatisk paus. "Sandra

Bark mördades igår kväll av okänd gärningsman."

Jag hade väntat mig bestörta reaktioner och vidöppna ögon. Upprörda frågor om var, vem, hur. Deras orörliga ansikten retade mig. Jag gjorde en uppmanande gest för att få igång en diskussion. Det kom ingen annan reaktion än bedrövade blickar. Så jag gjorde ett litet nummer av min suck. Drog ut den så att den nästan övergick i gäspning.

"Tack för visat intresse. Då skall vi kanske gå över till följdfrågorna."

Jenny pekade på artikeln men sade ingenting och ändrade inte ansiktsuttryck. Jens hand beskrev den där cirkeln som innehåller så många outtalade omdömen. Han är mästare på att uttrycka sig med minspel och gester. Det var han som bröt deras löjliga tystnad.

"Okej, första följdfrågan. Vem handlar artikeln om?"

Nu var det min tur att göra en cirkelrörelse.

"Hur skall jag veta det? Det står inga namn."

"Hur fick du reda på att Sandra blivit mördad?"

Jag nickade mot telefonen och förklarade att smarta människor väljer enkla lösningar. Då tittade de på varandra på det där insinuanta sättet igen. Jenny suckade på samma sätt som jag gjort. Även hon gjorde en cirkelrörelse med handen, men den var inte lika sofistikerad som Jens. Hon påminde mer om en dirigent som försöker få igång orkestern efter en paus.

"Sandra blev mördad och våldtagen av en okänd man. Polisen har spermaprov och fullt av DNA. Men ingen misstänkt."

"Hur vet du det?"

Då nickade hon mot telefonen och sade att smarta människor väljer enkla lösningar. Ringer polisen till exempel. Jens sade att han blivit törstig av allt pratande och att det skulle sitta bra med ett glas vin. När jag påpekade att han nästan inte sagt någonting, bara gjort insinuanta gester, sade han att han inte blivit törstig av sitt eget pratande. Han gick ut i köket och kom tillbaka med en bag-in-box jag köpt för att ha hemma när det kom oväntat besök. Jag meddelade detta i indignerad ton. Medan han fyllde tre glas sade han att han inte förstår varför man ständigt skall vara beredd på oväntade besök. Själv tycker han bättre om att veta vem som kommer. Min upplysning att det var ett ganska dyrt vin försvann i deras skålande och sörplande.

När de smackat en stund och berömt vinet ställde Jenny sitt glas på skrivbordet och tittade på mig.

"Men det har vi."

Jag undrade om jag såg lika dum ut som jag kände mig.

"Vad har vi?"

"En misstänkt."

"Vem är det?"

Nu var det Jens tur att larva sig. Han började gå fram och tillbaka på min matta på det mest löjliga

61

sätt. Som en sprätt i en stumfilm. *Stumfilm* fick en klocka att ringa i bakhuvudet. Gångarten skulle naturligtvis föreställa strutt. Den misstänkte var vår struttande vän vid dansbanan. Jag gjorde en gest för att markera att jag löst gåtan. Det vill säga, jag visste inte vem den misstänkte var men jag förstod det struttande budskapet. Då ringde det på dörren. Jens nickade mot hallen och därefter mot vinboxen och sade något skojigt om oväntade besök innan han gick ut för att öppna.


Den kroppshydda som fyllde deckarkontorets dörröppning en stund senare hade fyllt den ett antal gånger förut. Få kroppshyddor fyller dörröppningar som kommissarie Robertsons. Inte bara för att den är stor utan för att den utstrålar massiv pondus. Jag reste mig halvt ur stolen och bugade som en skolpojke som presenteras för sin nya magister. När han kommit in i rummet uppenbarade sig en kroppshydda till. Den var mindre men även den utstrålade auktoritet. Bronsberg ställde sig strax bakom sin chef och halade fram sin anteckningsbok. Den tredje kroppshyddan utstrålade illa dold munterhet. Ja, inte själva hyddan men det som sitter ovanpå. Jens välbekanta grin fyllde inte dörröppningen men det fyllde hans ansikte. Bronsbergs torra stämma passade så bra till hans personliga utstrålning – eller brist på utstrålning – att man blivit förvånad om han låtit på något annat sätt.

"Vi har registrerat ett samtal från den här lägenheten till en Sandra Bark. Vad ville du henne, Larsson?"

Jag har alltid undrat varför jag får dåligt samvete när jag blir tilltalad av myndighetspersoner. I det här fallet hade jag inte ens uppgivit mitt namn i telefonen. Jag hade bara frågat efter Sandra Bark och mannen i andra ändan hade berättat om mordet utan att vara uppmanad. Han hade inte sagt något om våldtäkt. Jag fick tänka mig för så att jag inte satte Jenny på pottan genom att nämna det. Robertson avbröt.

"Jag förmodar att Jenny har berättat om våldtäkten. Vi pratades vid för några timmar sedan."

Jenny? Som om de vore gamla bekanta. Inte fröken Larsson som man kunde förvänta sig av en omutlig tjänsteman. Jag kastade en blick på Jenny. Hon var i full färd med att bedöva polismännen med sitt charmiga leende. De bruna ögonen drogs ihop till oemotståndliga halvmåneformade glittrande juveler. Robertson log tillbaka. Han har faktiskt också ett trevligt leende. Till och med Bronsberg log. Alla leenden dog ut när blickarna flyttades till mitt oförstående ansikte. Jag svalde tungt. Robertson uppmanade mig att svara på frågan. Jag nickade stumt och förklarade att Jenny hade berättat om våldtäkten. Robertson skakade nästan omärkligt på huvudet.

"Varför ringde du Sandra Bark?"

Jag fick tänka en lång stund innan jag kom ihåg varför jag ringt Sandra Bark.

63

"Jag ville fråga henne om en person hon träffat tjugofem år tidigare på Båssö."

"Båssö?"

"Båtmansö. Det är så att jag är ombedd av en kvinna att forska i ett gammalt försvinnande."

"Jonny Krombacks försvinnande?"

"Precis. Hans syster vill att vi, förlåt, att jag skall hjälpa henne att bringa reda i fallet."

"Bringa reda?"

Jag nämnde för en stund sedan vad jag tycker om att människor upprepar ord i mina repliker i frågande ton. Jag kämpade med ett bra svar men kom inte på något. Kommissarien fortsatte i lugn ton.

"Den reda som fanns att bringa i det ärendet bringade polisen för tjugofem år sedan. Jonny är och förblir borta. Troligen död. Du kastar bort din tid, Larsson." Han gjorde en paus som var helt fri från sarkasmer och antydningar. "Jag förstår att det är belöningen på tiotusen som lockar. Men tiotusen är en löjligt liten summa. Om du lyckas komma en lösning på spåret i det ärendet borde du kvittera ut tio gånger det beloppet. Vem är den här personen du nämnde?"

"Det var det jag hoppades Sandra Bark skulle kunna upplysa mig om."

"Vad vet du om honom?"

"Bara att han hade ett kort möte med henne och att han utförde ett arbete på ön."

"Vilket arbete?"

"Vi är inte säkra men vi tror att han gjöt betong-fundamentet till bryggan där skärgårdsbåten lägger till. Vi jobbar på att få fram hans namn."

Robertson tittade tyst på mig en lång stund. Jag undrade om jag redan gjort eller sagt något brottsligt. Då slog han in på just det spåret.

"Du vet att undanhållande av fakta i polisutredning är brottsligt."

"Jag har sagt allt jag vet."

"Jag talar inte om vad du vet nu utan vad du kan komma att få reda på."

"Så fort jag vet mer kommer jag att meddela polisen."

Bronsberg gick fram till mitt skrivbord och krafsade ner några siffror på ett block som låg där.

"Ring det här numret."

Polismännen tittade barskt på mig en lång stund. Sedan flyttade de blickarna till vinkartongen och de halvfyllda glasen. Jag svalde tungt igen när jag påminde mig att förra gången de dykt upp oanmälda hade de klivit rakt in i en drinkprovning, iscensatt av Jens. Ett batteri av spritflaskor hade täckt halva skrivbordsytan. Jens lättsinniga danska attityd till alkoholhaltiga drycker var på väg att ge mig ett rykte på polishuset. Jag kunde höra tongångarna på kafferasterna. *Freddy Larsson? Jaså, den där pajasdeckaren som har öppnat en filial till systembolaget.* Men poliserna här och nu sade ingenting. De sade inte ens adjö när de gick mot dörren. Sådant gör mig ännu nervösare. När lugnet sänkt sig över rummet igen mumlade jag någonting om att vi kanske tagit oss vatten över huvudet i fallet med den försvunne brodern. Jennys kommentar att vissa bröder skulle göra världen en tjänst om de försvann förbättrade inte mitt humör. Jens fyllde i med att vatten över huvudet var något som kunde ha en koppling till fallet. Det tog en stund innan jag fattade att han talade om drunkning och dränkning.

Jag tyckte jag hade gjort något duktigt när jag ringde Sandras nummer men insåg att Jennys idé att ringa polisen var snäppet vassare. Jag undrade hur hon lyckats få ur den annars så buttre Robertson uppgifterna när hon plötsligt log sitt leende igen. Mot Jens den här gången. Det förödande vapnet hade hon använt med sådan framgång i mitt förra fall att både män och kvinnor hade fallit som käglor. Den enda person leendet aldrig riktades mot var chefsdetektiv Larsson. Att Robertson var påfallande svag för gesten hade jag noterat för en stund sedan när han log tillbaka på det trevliga sättet. Att locka ur honom ett leende var något jag bara lyckats med en gång. Och det var inte jag som var orsak till gesten, det var min mässingsskylt på dörren – FREDDYS AGENTUR. Och det var inget vackert leende.

Jag förstod att jag måste ta tillbaka initiativet för att upprätthålla min auktoritet. Det här rummet hade för all del genomsyrats av auktoritet under ordningsmaktens korta besök, men det hade inte varit min auktoritet. Vad är auktoritet egentligen? Är det en karaktärsegenskap eller bara något som följer med en tjänsteställning? Något som är inbyggt i vissa yrken som polis, lärare och läkare. Är auktoritet detsamma som respekt? Jag märkte inte att jag mumlade mina tankar halvhögt och ryckte till när Jens plötsligt kommenterade.

"Om du tror att läraryrket har någon slags inbyggd auktoritet skulle jag vilja ta med dig till en av mina lektioner där eleverna halvligger i bänkarna eller läser kvällstidningen medan jag försöker förmedla korn av kunskap. Och respekt är det sista man möter hos dagens sturska tonåringar. Men nåde dig om du som lärare inte visar respekt för dem."

Jag såg att även Jenny såg fundersam ut. Jag hade upplevt fenomenet förut, ingen lyssnar när jag pratar högt och tydligt men alla tar in varenda stavelse när jag mumlar. Klockan närmade sig lunchtid och jag började känna mig hungrig. Jag mumlade att det skulle vara trevligt om en viss person i rummet lämnade tillbaka femhundra hon lånat för några dagar sedan så att jag kunde kosta på mig en pizza hos Guiseppe tvärs över gatan. Ingen reaktion. Då höjde jag rösten och upprepade förhoppningen. Den lilla show som följde var väntad. Hon svarade inte på frågan men tog upp sin plånbok och rotade en stund. Ett förvånat utrop följdes av en femhundring som drogs fram och viftades med i luften.

"Titta här! En femhundring som jag inte visste att jag hade. Då tror jag att jag slinker över till Giacomo och tar mig en pizza. Är det någon som har lust att följa med?"

Jag skakade på huvudet.

"Guiseppe."

"Förlåt?"

"Pizzabagaren heter Guiseppe."

"Inte där jag tänkte bjuda er på pizza. Men då kan vi gå till din bagare istället. Men då får du betala. Jag är inte säker på att Guiseppe bakar lika goda pizzor som Giacomo och jag vill inte att ni skall känna er lurade. Av mig."

Tolkningen av det avslutande tillägget blev att det var helt okej att bli lurad av mig. Jag visste att jag blivit grundlurad igen och låtsades inte om Jens grin när vi traskade tvärs över gatan till Guiseppes pizzeria. Hade jag inte varit så hungrig hade jag spelat upp den ljudlösa indignationsakt jag är så bra på. Den som börjar med ett uttryckslöst ansikte och fortsätter via ett djupt andetag till en uppgiven huvudskakning. När jag grabbade tag i handtaget för att öppna restaurangdörren hörde jag ett försiktigt rop från den sidan av gatan vi just lämnat. Jag vred huvudet åt ljudets håll och såg Katarina parkera sin cykel och låsa fast den ordentligt med en kedja. Hon skyndade över gatan och slog följe med oss in i lokalen. Jag suckade. Istället för att bli bjuden på en pizza skulle jag bjuda på tre och betala min egen. Jag hoppades att de skulle nöja sig med vatten eller lättöl till maten men hann inte avsluta tanken förrän Jenny beställde en flaska rödvin. När jag protesterade sade hon att om hon hade fått chansen att bjuda hos Giacomo hade det inte varit tal om något annat än rödvin. Det enda som går att dricka till en god pizza. Hon betonade ordet god och satte ögonen på mig. Jag låtsades inte om piken.

Medan vi väntade på maten halade Katarina fram ett dokument ur sin handväska. För att kunna få fram det ur den trånga väskan drog hon även fram revolvern jag skymtat på kaféet och lade den på bordet. Jag tittade först på den, sedan på JeJe och såg de mest uppspärrade ögon jag sett sedan jag råkat titta på en tysk turist som just upptäckt att humrarna i fiskekyrkan rörde sig när man petade på dem. Helt obekymrad om vapnet räckte Katarina papperet till mig. Jag hade svårt att koncentrera mig och försökte göra mig en bild av Robertsons reaktion om han kommit in i lokalen i det här ögonblicket. Som tur var fanns inga andra gäster i rummet. Jens återfick talförmågan först.

"Var har du fått den ifrån?"

Hon följde hans blick och nickade lugnt mot revolvern.

"Jaså den. Den hittade jag i pappas byrålåda. Jag tog den med mig för att han inte skall skada sig själv eller någon annan. Det räcker att han har fullt med gevär i sitt skåp."

Upplysningen lugnade ingen av oss. Jens hand skakade lätt när han plockade upp den för att titta närmare på den.

"Är den laddad?"

"Vet jag inte."

Vi tittade förskräckta på varandra igen. Historier om vapen som går av misstag fladdrade omkring i alla huvuden förstod jag när min blick vandrade mellan ansiktsuttrycken omkring mig. Jag hörde hur min röst darrade till.

"Har han licens för den?"

"Vet jag inte."

"Men du vet att du inte har någon licens."

"Vad skall jag med det till. Jag tänker inte skjuta någon."

"Man måste ha licens för skjutvapen även om man inte tänker skjuta någon."

Jens snurrade försiktigt på magasinet. Hans ögon spärrades upp ännu mer när han lyfte blicken och placerade den på mitt ansikte.

"Fullt magasin. Sex kulor. Skarp ammunition."

Jens har gjort lumpen i danska kustartilleriet och vet massor om vapen. Han är till och med löjtnant i reserven och har ett eget tjänstevapen som han kvitterar ut när det är övning. Katarina ryckte på axlarna.

"Då var det tur att jag tog den ifrån honom. Han kan vara väldigt vårdslös."

"Vad hade du tänkt göra med den?"

"Ingenting. Bara ta den ifrån honom."

Jag kände mitt ansvar som chefsdetektiv. Om det går att svettas med rösten var det precis det jag gjorde just nu.

"Är du medveten om att du begår en brottslig handling bara genom att bära den i din väska?"

Nu var det hennes tur att spärra upp ögonen.

"Men jag ville bara skydda pappa." Plötsligt tittade hon på revolvern med skräck i blicken. Därefter lyfte hon blicken till mitt ansikte. Den här gången med en vädjande gest. "Då är det kanske bäst att du tar hand om den."

Robertson dök upp på min inre panoramascen igen. Den här gången stod han och bollade med vapnet medan han tittade på mig och höll en föreläsning om straffsatserna för illegalt vapeninnehav. Jag ruskade på huvudet för att få bort bilden. Samtidigt insåg jag att vapnet var farligare i Katarinas händer än om det låg i min skrivbordslåda. Jag hade aldrig hållit i ett laddat handeldvapen förut och kände hur svetten bröt fram i pannan när Jens tydligt lättad räckte det till mig.

"Okej, chefen tar hand om det tills vidare."

Jag kunde inte låta bli att tänka på filmscener där en person tar fram en pistol ur sin skrivbordslåda och brutalt skjuter ner någon som står mittemot honom. Jag log blekt när pistolen åkte ner i min kavajficka.

"Vi får tänka ut vad vi skall göra med den."

Guiseppe anlände med våra pizzor och jag har sällan varit så lättad över ett avbrott i ett samtal. Inte ens Jenny hade kommenterat dramatiken.

Men det gjorde hon nu. Det var tydligt att hon inte uppfattat situationen som särskilt dramatisk.

"Snyggt jobbat, Mike Hammer. Vad blir det härnäst? En Kalasjnikov?"

För att hålla masken inför Katarina bestämde jag mig för att låtsas att det här var rutin. Klienter deponerade ständigt vapen hos chefsdeckaren. Jag kom att tänka på att jag höll ett dokument i den hand som inte varit upptagen med pistolen. Jag lade det bredvid tallriken medan jag mumsade i mig pizzan. Det var en kopia på en faktura från en byggfirma i Göteborg och gällde betalning för gjutning av ett styck betongfundament. Inga namn utom firmaägarens var nämnda. Det var inte troligt att han hade utfört arbetet själv. Toivo Eriksson lät inte bekant. Inte för Jens heller som läste upp och ner från andra sidan bordet. Det förstod jag när jag skulle förklara och han tystade mig för att läsa de sista raderna.

"Okej, chefen. Då har du en uppgift. Leta reda på firmaägaren och fråga vad arbetaren heter."

Då har du en uppgift? Som när man ber en liten pojke rita ett lokomotiv för att få tyst på honom. Var får man tag på uppgifter om tjugofem år gamla fakturor? Firman kunde vara borta sedan tjugo år. Jag hade på tungan att säga att han kunde ta över den uppgiften men då skulle han antyda att jag inte vet hur man får fram sådana uppgifter och det skulle inte ge ett bra intryck på Katarina. Jag nickade lojt medan jag funderade på hur jag skulle gripa mig an uppgiften. Var finns gamla fakturor? Om kommunala bidrag var inblandade var nog stadsarkivet rätt ställe att börja på. Jag tittade på dokumentet igen men hann inte hämta in fler fakta eftersom det rycktes undan i samma ögonblick. Jenny förstås. Hon läste medan hon tuggade i sig sista biten av pizzan. När hon lagt ifrån sig besticken och torkat av fingrarna bad hon att få låna min mobil. Jag frågade vad det var för fel på hennes och fick till svar att hon inte tänkte betala Freddys tjänstesamtal. Därefter slog hon ett nummer och frågade efter Toivo Erikssons Byggfirma, lyssnade en stund och tackade för upplysningen. Det var allt. Till min förvåning lämnade hon tillbaka mobilen. Annars brukar hon passa på att ringa några privatsamtal när hon har den i handen.

"Toivo Eriksson dog för två veckor sedan. Firman är nedlagd."

Förbaskade tjej. Jag hade inte ens funderat ut vem jag skulle vända mig till innan hon hade skaffat fram uppgifterna. Nu gällde det att låtsas som om allt gick enligt planerna. Jag tog fram anteckningsboken och krafsade en stund. Jenny sträckte på halsen och läste fast jag försökte hålla en hand framför texten. Hon blinkade åt Jens.

"Toivo Eriksson död. Då har du två anteckningar idag. Sandra Bark död och Toivo Eriksson död." Hon gjorde en gest mot Jens. "Känner du någon annan som har kilat vidare idag? Det är gott om plats på sidan för dagens hädangångna."

Katarina sköt ifrån sig sin tomma tallrik. Hon såg fundersam ut. Jag frågade om hon kände till något om Toivo Eriksson men det gjorde hon inte. Hon hade frågat Algot men han visste inte heller vem som engagerat firman. Jag mumlade att det kunde vara den springande punkten. Fick vi reda på vem som skött upphandlingar för byalaget kunde vi kanske få fram namnet på den struttande betongarbetaren. Någon måste ha informerat honom om uppdraget. Nästa fråga jag mumlade gällde om den personen kunde vara Sandras mördare. Som jag nämnt tidigare fungerar min hjärna bäst när jag mumlar så min fortsatta spekulation ledde till teorin att om han bragt Jonny om livet så låg det i hans intresse att tysta alla som kunde veta något om händelsen. Jag råkade titta på Katarina när jag nämnde att en av dem var Algot. Det föranledde Jens att påminna mig att Algot hade tyckt att det skulle vara trevligt att träffa sin sons mördare igen. Med en laddad hagelbössa i händerna. Min hand slank ner till revolvern i fickan. Jag kramade kolven hårt. Den kändes plötsligt väldigt tung och kall. Jens föreslog att vi skulle ta en tur ut till Algot och hålla en föreläsning om vad som kan hända om man bränner av hagelsalvor i magen på struttande personer. Det vill säga vad som händer efteråt ur en laglig aspekt. Katarina tyckte det var en bra idé och erbjöd sig att följa med. Jenny behövde inte erbjuda sig att följa med. Jag visste att hon skulle göra det ändå. Till min glädje fick jag en idé. Vi kunde kombinera besöket med en pratstund med den person som varit vittne vid dansbanan och som berättat om sina iakttagelser för Algot. Det uppfattades som en bra idé kunde jag konstatera när jag tittade mig runt för att registrera reaktioner och såg Jens och Jennys ansikten spegla total förvåning. Det är deras skojiga sätt att tala om att det sista de väntar sig är att goda idéer poppar ur mitt huvud. Men som jag brukar säga, låt dem hållas. I alla fall bestämde jag mig för att besöka stadsarkivet för att luska ut om de hade något namn på arbetaren som utfört gjutningen. Men det berättade jag inte. Jag hade fått min dagliga dos av insinuanta blickar och miner.

# Fundamentala funderingar

Finns det något som är så mördande tråkigt som att lyssna till vuxna män som berättar hur taskigt de hade det som barn. Stora pojkar som kämpar för att hålla tillbaka gråten när de radar upp hemskheterna. Alla var elaka mot dem och ingen förstod dem. Den sanne självömkaren är så övertygad om att han hade det värre än alla andra att han blir förvånad när han träffar människor som inte genast upptäcker att han är ett offer för omvärldens elakheter och konspirationer. Som om det stod skrivet i pannan på honom. Här brukar följa en tröttsam uppräkning av alla som plågade honom; mamma, pappa, syskon, lärare, kompisar. Och när han ändå är inne på det spåret brukar han lägga till vuxentidens plågoandar, arbetskamrater och chefer. Din stilla reflektion att det ligger i den mänskliga naturen att tycka synd om dem som tycker synd om sig själva gör du bäst i att hålla för dig själv. Alla tycker synd om det gråtande barnet men ingen fäster sig vid barnet som sitter tyst i ett hörn och kanske går igenom ett mycket värre trauma. Men sådant säger du inte till den vuxne självömkaren.

77

Han är ändå inte mottaglig för nonsens som rubbar hans självbild.

Den centrala upplysningen i det här fallet var att stackaren var – håll i er nu – skilsmässobarn. Informationen följdes av ett hulkande som fick en annan person vid bardisken att titta upp från en tidning han läste. Jag råkade titta på honom i samma ögonblick och tror att den grimas han gjorde speglades av en likadan i mitt ansikte. Vi log i tyst samförstånd innan han försjönk i sin tidning igen. Jag smuttade på min whisky och beklagade mumlande självömkarens svåra situation. Sade att jag förstod honom fullständigt och att sådana upplevelser måste sätta djupa spår.

Det var tydligt att han uppfattade mig som den perfekte kuratorn. Jag vet att jag har den effekten på många människor. Det är de enda tillfällen när någon lägger märke till mig. Jag säger inte mycket och försöker alltid se vänlig ut. Den perfekte lyssnaren är kanske en bättre beskrivning; lyssnaren som ser tillräckligt intresserad ut och som då och då flikar in ett 'hm-hm' eller 'jaså, du' eller 'det menar du inte'. Små ljud som man nätt och jämnt är medveten om att de slinker ut men som fungerar utmärkt som smörja på självömkarens talorgan. Medan han pratade kom jag att tänka på att jag också var skilsmässobarn. Jag kom inte ens ihåg hur det hade känts som tolvåring när min mamma invigde mig i den förestående separationen. Mest ett konstaterande av ett tillstånd jag inte kunde påverka, tror jag. Men jag kom ihåg att jag allt oftare fick passa det då tvååriga vilddjuret Jenny. Uppdraget var frustrerande för en tolvåring med siktet inställt på en karriär som fotbollsproffs. Särskilt kul var det att komma till träningen med barnvagnen. Konstigt nog kom det inga spydiga kommentarer från kompisarna i laget. De tyckte det var roligt när lilla söta Jenny satt i sin vagn och skrattade och klappade händerna. De trodde nog att hon applåderade deras misslyckade klacksparkar och sneda insparkar. Jag tror inte jag någonsin berättade att hon alltid klappade händerna. När hon ville ha mat, när hon behövde gå på pottan, när blöjorna behövde bytas, när hon ramlade och mödosamt hade kravlat sig upp, när någon nojsade med henne. De små händerna gick som fågelvingar och hon skrattade hela tiden. Det såg så lustigt ut att alla tyckte om henne. Och hon skrek eller grät nästan aldrig. Det hade alltid funnits tjejer kring fotbollsplanen som såg efter henne och gav henne nappflaskan eller mat. Storasystrar som älskade att gå in i sin framtida mammaroll och träna på en riktig liten bebis utan att vuxna lade sig i. Ja, det förstod jag inte då men när jag rannsakar mitt minne hamnar funderingarna på det spåret.

Den här figuren hade suttit vid baren när jag slank in för att belöna mig med en drink efter en framgångsrik sejour på stadsarkivet. Av någon anledning hade jag valt Lorensbergs bar som jag sällan frekventerar. Råkade väl bara befinna mig i närheten när jag kände mig törstig. Jag satt inte alldeles intill honom, det var två stolar emellan och jag ville inte såra honom genom att gå och sätta mig någon annanstans. När han berättade hur hemskt det hade varit att växa upp som enda barnet i en sjurumsvilla i Hovås funderade jag på att berätta hur det hade varit att växa upp i en tvåa med kokvrå på Kabyssgatan med pappa, mamma och lillasyster. Till min lycka dök det upp en man med intressantare utseende än jag. Klädd som en som också vuxit upp i en sjurumsvilla. En som också var ute efter sällskap och valde en av stolarna mellan oss. Efter att ha jämfört självömkarens skräddarsydda tiotusenkronorskostym med min brunspräckliga kavaj från stadsmissionen vände han sig till honom. Jag var inte ledsen för det utan plockade fram min anteckningsbok för att notera dagens framgångar. När jag öppnade boken ramlade ett foto ut och hamnade på bardisken. Det var en bild av Jonny Kromback som tjugofemåring, det sista kort som tagits av honom. Katarina hade gjort kopior och alla inblandade inklusive Robertsson hade fått varsitt exemplar. Jag hade inte tagit mig tid att studera det förrän nu. Det slog mig att Jonny liknade den person som satt bredvid och läste tidningen. Väldigt lik när han hade lett sitt sneda leende för en stund sedan. Just blickar och leenden förändras inte mycket med åldern hade jag, den skarpe iakttagaren, noterat redan som ung. Men den här skallige personen såg ut att vara sextiofem. Jonny skulle varit fyrtiofem idag. Jag sneglade försiktigt på honom igen. Han var klädd som om han bodde på hotellet och bara hade slunkit ner från sitt rum för att ta en drink. Ingen kavaj, bara skjorta och slips och hängslen. En livrem hade nog inte räckt runt det som skulle föreställa midja. Konstigt att människor kan ha så gemensamma drag utan att vara släkt hann jag tänka innan min penna krafsade ner de få uppgifter jag inhämtat på arkivet. Jag blev lätt distraherad när jag hörde min ömkande vän börja om från början med den fasansfulla berättelsen att hans far hade skänkt honom en Hitachi musikanläggning i julklapp när han önskat sig en Bang & Olufsen. En förnedring och besvikelse man aldrig kommer över tänkte jag när jag reste mig och strosade mot utgången. Den babblande figuren märkte inte att jag gick men jag noterade att hans nye vän redan såg lika intresserad ut som jag gjort en stund tidigare. Hans släpiga *jasådu* slog mitt *hm-hm* med hästlängder.

Jens slutar vid tretiden på vardagar. Jenny verkar börja och sluta när hon vill. Hon jobbar ihop med ett gäng nördiga datakonsulter och uppfattas troligen som en frisk fläkt på kontoret. Jag råkade titta in en gång och hade väntat mig ett gäng unga lejon med reklamfilmsutseenden framför datorerna. Ni vet de där grabbarna som skrider fram i senaste italienska kavajerna och fräsiga polotröjor och ler så att tjejerna blir mjuka i knäna. Inget kunde vara mer fel. En av dem såg till och med ut som jag. Det vill säga inte ansiktet eller kroppen, men han hade en lika töntig kavaj.

Det gladde mig att jag inte var ensam om den detaljen.

Jag förstod att JeJe skulle finnas på deckarkontoret när jag anlände. Under pågående fall är de så nyfikna att de håller på att spricka även om de aldrig skulle medge det. Utåt håller de masken och ser uttråkade ut och putsar naglarna mot kavajslag eller tröjor. Jag hade antytt att jag skulle luska efter namnet på arbetaren på ön under dagen. Även om de inte tror att jag klarar av så komplicerade uppdrag vill de gärna vara i närheten när jag lämnar rapport. För att förpesta mina öron med syrliga anmärkningar och torftiga sarkasmer.

Jenny satt naturligtvis vid lapptoppen och knappade för fullt. Troligen spelade hon poker på webben och gjorde insatserna i mitt namn. Om det blev vinst skulle pengarna snabbt flyttas till hennes konto. Hon är expert på sådant. Ingår i hennes jobb, tror jag. Förlusterna får jag bära. När jag senare fick reda på vad hon verkligen höll på med tyckte jag att det varit bättre om hon hade spelat poker. Jag började med att sätta mig på skrivbordskanten som Jens brukar göra. Jenny tittade upp från datorn med frågande min. Jag vet inte om den outtalade frågan gällde mitt tilltag att sno Jens plats eller om det var ett sätt att dölja nyfikenhet medan hon väntade på rapporten. Jens satt i soffan och bläddrade förstrött i en tidning. När jag tog upp anteckningsboken återgick Jenny till att knappa på datorn. Jag ryckte på axlarna.

"Tack för visat intresse."

Jenny tittade upp igen.

"Så brukar man avsluta ett anförande. Inte börja."

"Just det."

Piken gick inte hem. Ingen av dem ställde den naturliga frågan 'hur har det gått för dig?' Jag beslöt mig för att mumla, mitt vanliga trick när det gäller att fånga uppmärksamhet. Till min förvåning fungerade det. Båda huvudena riktades åt mitt håll.

"Ni vet vad som brukar hända när jag kopplar på charmen?"

Nya frågande miner antydde att de inte visste det. Jens gick fram till skrivbordet och ställde sig bredvid Jenny. Båda betraktade datorskärmen. Jens gjorde en slapp gest men tittade inte på mig.

"Jag har inte haft äran att uppleva det fenomenet. Men låt mig gissa. Det blir kortslutning och proppen måste bytas. Öronproppen du satt in för att skydda dig mot skrattsalvorna."

Det var inte det minsta roligt. Jag ignorerade inpasset. Jenny hängde på.

"Tjejerna kommer springande? Fast inte bakom dig utan med dig i hasorna, flåsande som en pensionär på gymmet?"

Det var inte heller roligt. Jag beslöt att börja ur en annan vinkel.

"Det var den snyggaste tjej jag någonsin sett."

Nu vaknade Jens.

"Vem?"

"Hon som gav mig upplysningarna jag frågade efter. Mörkrött kortklippt hår, stora blå ögon. En kropp som hade fått Marilyn Monroe att kippa efter andan."

"Vad sade hon när du frågade om hon ville hänga med och äta en hel special med mycket senap i Bengans gatukök?"

Jag undrade om det syntes på mig vad jag tänkte eller om Jens hade ett sjätte sinne när det gäller att hitta rätt i mitt psykes irrgångar. Det var nämligen något liknande jag haft på tungan när jag hängde över disken på stadsarkivet. Men modet svek mig i sista ögonblicket. Modet sviker mig alltid i sista ögonblicket när det gäller tjejer. Om jag invigt Jenny i det dilemmat hade hon sagt att saker som inte finns kan inte svika. Jag reste mig från skrivbordskanten och började gå fram och tillbaka på min mjuka heltäckningsmatta. Då och då konsulterade jag min anteckningsbok för att se proffsig ut.

"Mannen som byggde cementfundamentet heter Matti Eriksson. Jag fick till och med en kopia på ansökan om bidrag från Toivo Erikssons byggfirma."

Jag drog fram ett papper ur innerfickan, vecklade ut det och räckte det till Jens. Som inte hann läsa ett ord förrän det rycktes ur hans hand. Av Jenny. Han såg lika hjälplös ut som jag brukar göra när hon rycker saker ting ur mina händer. Jag gjorde en förklarande gest mot dokumentet.

"Han befann sig på ön från fredag förmiddag till måndag morgon. Lördag kväll eller natt försvann Jonny."

Jenny tyckte inte att dokumentet var intressant och lämnade tillbaka det.

"Vilka löjliga löner de hade på den tiden."

Jens läste med rynkade ögonbryn.

"Dom fick mer för de pengarna än vi får för våra idag." Han knackade en nagel mot papperet. "Har ni funderat på det här med cementgjutning och försvunna människor? Hur enkelt vore det inte att placera en kropp i gjutformen och hälla cement över?"

Mitt huvud skakade länge och uppgivet.

"Du har sett för många dåliga gangsterfilmer, Jensen. Och han hade bara söndag på sig. En dag då många människor är ute och promenerar. Vi talar om midsommartid då alla var ute på ön. Jag skulle tro att ombyggnaden av bryggan var en stor händelse och att öborna var nyfikna."

"Han hade natten mellan lördag och söndag. Hur lång tid tror du det tar att blanda en halv kubik cementbruk?"

"En halv kubik räcker inte."

"Jodå, om en vuxen manskropp hjälper till att fylla utrymmet."

Det slog oss att våra tankar var ganska makabra. Jag var tacksam att Katarina inte hade kommit ännu. Jag hade ringt och bett henne komma och titta på dokumentet och diskutera nästa steg i våra undersökningar. Just då ringde det på dörren. För en gångs skull var jag närmast hallen och gick ut för att öppna. När jag öppnade slog det mig att Katarina också har ett vackert ansikte med stora blå ögon. Men hennes hår är ljust i en obestämd nyans och krulligt. Inte särskilt lik damen med Marilyn Monroekroppen tänkte jag utan att fundera på varför den ena kvinnan skulle vara lik den andra. Hon log sitt osäkra leende. Under en bråkdel av en sekund tyckte jag mig skymta en glimt i hennes ögon som kunde förväxlas med en vädjande inbjudan. Men den försvann lika fort och jag förstod att det var min fantasi som levt sitt eget liv. Fast jag har egentligen ingen fantasi. Usch, vad det är svårt med tjejer. Jag bjöd henne stiga in. Jens visade henne papperet medan han redogjorde för våra funderingar. Jag försökte tysta honom när han ogenerat berättade om teorin med Jonnys kropp i cementen. Men mina miner och gester försvann i hans tirader. Katarina såg ut som om hon hade funderat på samma händelseförlopp.

"Hur skall man få klarhet i det? Efter tjugofem år finns det väl ingenting kvar av kroppen?"

Jens protesterade.

"Jag är inte säker på det. Det är helt lufttätt i ett cementblock. Enda sättet att få klarhet är att borra upp fundamentet och titta efter. Han kanske är kvar där som en fossil i mjuk sten. Eller som Bockstensmannen i mossen i Halland. Med mjukdelar och hår och hudrester kvar."

86

Nu tyckte jag att det började låta riktigt äckligt. Snart började de väl diskutera kvarlevornas odör och jämföra med ruttnande mejeriprodukter. Som den ost Jens en gång hade tagit med ifrån Köpenhamn. Jag hade tvingats lägga den i en tättslutande dubbelt plastomslag. En hel rulle tejp hade gått åt till att försluta den. Ja, det var inte Jens som tyckte att den behövde oskadliggöras men han hade bett mig ta hand om den en tid. Han hade inte plats i sitt eget kylskåp. Det var en hel stor rund ost, inte en liten bit. Jag hade lukten kvar i näsan flera dagar efter att han hade hämtat den.

Det kom inga fler motbjudande teorier i ämnet. Slutsatsen blev att det åtminstone borde finnas skelettdelar kvar. Vi beslöt att diskutera saken med Algot. Det slog oss nämligen att man kunde behöva något slags tillstånd för att demolera en brygga som delvis byggts med skattemedel. Jens förklarade på sitt lättsinniga danska sätt att bryggan skulle vara återställd inom några timmar och att det enda som behövdes var en varningskon medan cementen torkade. Dessutom kom nästan ingen ut till ön så här års. Han gjorde upp en lista på vad vi behövde för att utföra uppdraget. En pneumatisk borr eller en bensindriven, en cementblandare, cement och sand läste jag över hans axel. Jag protesterade mot sand. Det borde finnas i överflöd på ön. Då tittade han på mig på det där uppgivna sättet och sade att det inte dög med vilken sand som helst. Och singel och några armeringsjärn för att armera. Jag undrade om vi skulle behöva en lastångare för att transportera attiraljerna. Nej, Harrys skuta skulle räcka alldeles utmärkt. En cementblandare är inte stor och några säckar cement är visserligen tunga men inte skrymmande. Lite sand går alldeles utmärkt att stuva var som helst på däcket. Jag lyssnade tålmodigt innan jag kastade fram min undran var han lärt sig blanda cement. Då berättade han att han arbetat på en cementfabrik en sommar under sin studietid. Jag undrade varför den pratglade mannen inte berättat det tidigare och då sade han att om han skulle berätta allt han gjort under sitt liv skulle vi bli sittande en vecka och lyssna med gapande munnar. Efter det gjorde han en jämförelse med mina bedrifter under mitt liv och föreslog att den berättelsen skulle hålla oss vakna fram till lunch. Därefter tittade han på klockan och sedan på tjejerna. Alla nickade instämmande. Dags för lunch. Vi kände och hörde hur magarna knorrade. Jennys förslag att lunchen skulle dras av på firmans representationskonto fick mig att knorra i takt med magen men det var ingen som lyssnade. Klockan närmade sig tre så vi skyndade iväg till en kinesisk restaurang på en tvärgata intill. Lunchpriserna gällde inte så länge till. Innan vi lämnade kontoret kände jag efter innanför kavajen att allt stod rätt till. Jag hade fått syn på ett axelhölster i en secondhand affär och slagit till utan att pruta vilket är olikt mig när det gäller begagnat. Det passade inte perfekt till revolvern men tillräckligt bra. Jag ville inte att pistolen skulle ligga obevakad i någon låda när jag inte var hemma. Jag kände mig som Philip Marlowe. Jens visste ingenting om mitt påhitt. Han skulle bara käcka sig med antydningar om Robertsons uppsyn och kommentarer när – inte om – han fick reda på att jag begick kriminella handlingar. Jag skulle naturligtvis se till att han aldrig hittade den. Medan vi mumsade i oss maten bestämde vi att vi snarast måste bege oss ut till ön för att få klarhet i teorin om kroppar i bryggfundament.

Jenny hade varit tyst förvånansvärt länge. Visserligen är cementblandning inte hennes ämne men bristande kunskaper brukar inte hindra henne från att ventilera sina åsikter. Katarina ringde Algot på sin mobil och bestämde tid för ett besök. Det gick bra. Algot berättade att vittnet från dansbanenatten var ute och snickrade på sitt hus under veckan och att han berättat för honom att vi ville prata med honom. När Katarina stoppade tillbaka mobilen i väskan slog det mig att ett betongfundament som kanske gömmer en person som är anmäld saknad och kanske mördad borde vara någonting som intresserar polisen. Jag erinrade mig Robertssons torra anmärkning att undanhållande av fakta i brottsmålsundersökning är brottsligt. Med en suck insåg jag att ett samtal med kommissarien var oundvikligt.

## Avtryck och intryck

Katarina hade förhinder nästa dag. Lika bra tyckte Jens och jag med tanke på uppdragets natur. Om det kröntes med framgång skulle de sorgliga resterna av hennes bror plockas upp ur ett betongfundament. Det kunde inte vara bra för aptiten eller allmänna välbefinnandet.

Vi lastade snabbt av materialet eftersom Harry hade bråttom iväg till nästa uppdrag. Tillbaka till staden för att hämta en grupp människor till en av de större öarna. Han hade mycket att göra den gamle hedersmannen och han var omtyckt av sina kunder. Alltid lika glad och tjänstvillig. Vi tittade långt efter den försvinnande båten innan vi tog itu med vår uppgift. Jens bar den bensindrivna borrmaskinen till fundamentet och gjorde sig beredd att sätta igång.

När jag frågade honom i lätt spydig ton om han visste hur man sköter ett sådant verktyg lämnade han maskinen till mig utan ett ord och gick och satte sig på en bänk. Det var inte den reaktionen jag väntat mig. Jag hade googlat på internet och lärt mig i stora drag hur man manövrerar sådana redskap. Det var den kunskapen jag hade tänkt bibringa magistern på samma sätt som han brukar

91

upplysa mig om självklarheter. Med sarkasmer och pekpinnar. När jag gjorde en gest som betydde 'så här går det till' och öppnade munnen för en inledande instruktion satte han helt fräckt på sig öronskyddet och log idiotiskt. Jag ryckte resignerat på axlarna och studerade maskinen ur olika vinklar innan jag ryckte i snöret. Det hände ingenting annat än att svänghjulet gick några varv och sedan stannade med ett hånfullt ljud. Åtminstone uppfattade jag det som hånfullt. Jag undvek att titta på Jens. När jag ryckt tio gånger och nästan ryckt sönder min axel reste han sig makligt och gick fram till mig och maskinen. Med utstuderad likgiltighet vred han en liten kran från stängt till öppet läge och justerade ett annat reglage till högsta läge. Jag ryckte igen. Motorn startade på andra försöket och han justerade reglaget igen. Choken och bensinkranen förklarade han med hög röst för maskinen smattrade ordentligt. Jag ville sätta på mig hörselskyddet men båda händerna var upptagna och jag var rädd att fanskapet skulle stanna och vägra starta igen om jag släppte taget. Jag tittade hjälplöst på Jens som förstod mitt dilemma, lyfte upp öronskydden på plats och klappade mig på huvudet som man klappar en liten gosse som varit duktig och ätit upp sin gröt.

Jag letade efter en angreppsyta på betongen och valde sidan som var närmast vattnet. Borrspetsen hoppade och studsade en stund innan den började arbeta sig ner i materialet. En stor bit lossnade nästan genast. Som jag noterat tidigare var ovan-skiktet slarvigt applicerat. Nu kunde jag konsta-tera att hela arbetet var slarvigt utfört. Inte myck-et till betongarbetare tänkte jag och sökte Jens blick för medhåll. Han hade förstått att det här kunde gå fort och hade redan satt igång blandaren som var kopplad till en liten elcentral som stack upp ur marken intill bryggan. När jag borrat en stund förstod jag att cementen inte var armerad. Bitarna lossnade som isbitar när man knackar upp en vak med yxa. Det tog inte mer än några minu-ter att krossa hela fundamentet. Jag stannade ma-skinen och vinkade till mig Jens. En lång stund stod vi och tittade ner i hålet. Fullt av cement-klumpar och pulvriserat bruk men inga kroppsde-lar. Jens lade sig på knäna och krafsade en stund för att kontrollera att inga skelettbitar massakre-rats av borren. Jag såg att Algot kom gående på grusvägen som ledde ner till bryggan. För hans skull var vi glada att fundamentet var tomt på kvarlevor. Idén att hans son sedan tjugofem år låg på en plats där människor trampade med leriga kängor hade framkallat en plågsam grimas när vi presenterade den. Den grimasen presenterade han nu också men den mildrades när han hade bilden klar för sig. Medan jag låg på knä och ibland på magen för att plocka upp klumparna förklarade Jens att det här bara hade varit en teori bland många och att sökandet bara hade börjat. Jag såg på Algots min att han tyckte om att höra att vi inte gav upp så lätt. Gjutformen av trä var helt intakt och när klumparna var uppe körde Jens igång blandaren. Inom en timma skulle ordningen vara återställd. Några hårda klumpar fick hjälpa till att fylla utrymmet och fungera som armering. Resten slängde vi i sjön. Algot hade övertygat oss om att han hade rätt att besluta om åtgärden att borra upp fundamentet. Vi var ändå glada att våra förehavanden inte orsakat större skada. Fundamentet skulle bli starkare efter att vår blandning stelnat. Vi hade garderat oss med bågfil för att såga av armeringsjärnen. Att det inte fanns några sådana gjorde att arbetet tog en bråkdel av den tid vi hade beräknat. Vi tryckte ner bitar av armeringsjärn efterhand som formen fylldes. Blandaren skramlade när Jens skyfflade in singel och sand som han mixade med cement och vatten till rätt konsistens. Jag förstod att han gjort sådant här förut.

Jag hade ringt till Robertsson på morgonen och meddelat vad vi hade för planer och för att höra om de fått reda på vem Matti Eriksson var och var han i så fall befann sig. Robertson berättade att han hade skickat förfrågningar till samtliga distrikt men inte fått svar ännu. Han skulle meddela mig så fort han fick besked. Det var detta jag stod och funderade på med blicken förstrött riktad mot en udde några hundra meter bort. Just i det ögonblicket girade en polisbåt i hög fart runt udden och ställde in kursen mot vår brygga. Tjugo meter ifrån bryggan gjorde rorsmannen en kraftig gir och båten tvärstannade fem meter ifrån brygghuvudet. Svallvågorna kom ikapp och lyfte in båten som lade sig med bredsidan mot bryggan. Det var den snyggaste tilläggning jag sett sedan jag själv bollade med pappas snipa i trånga lägen i småbåtshamnar. Jag förstod att sjöpoliserna ansträngde sig för att imponera på de två landkrabborna som klev iland med bleka ansikten. Min första tanke gällde kavajen jag lagt på en klipphylla strax intill. Inte själva plagget, men väl dolt under det låg mitt axelhölster med den skarpladdade revolvern. Jag hade fortfarande inte tänkt ut vad jag skulle göra med den.

Robertson såg sammanbiten ut när han gick fram till hålet vi just börjat fylla med ny betong. Han rörde inte en min men jag visste att han inte trott ett ögonblick på vår teori. Samtidigt gissade jag att han var lättad att vi inte hittat något. Anklagelsen om polisförsumlighet vid letandet efter kroppen för tjugofem år sedan måste ha dansat igenom hans huvud många gånger under båtfärden. Det var troligen främsta anledningen till att de besvärat sig med att komma ut till ön den här dagen. Han tittade fortfarande ner i formen när han började prata på sitt låga, monotona men ändå tydliga sätt.

"Matti Eriksson finns inte."

Jag fick den där kusliga känslan som brukar nypa till i magtrakten när någon påstår att människor inte finns. Men då brukar det handla om mig. Jag förklarade att Matti Eriksson funnits i högsta grad för några dagar sedan då både Harry och Algot sett honom.

"Han finns inte i folkbokföringen."

"Han finns på en ansökan om bidrag hos kommunen."

"Om han jobbade svart kan det vara ett påhittat namn." Han gjorde den där notoriska pausen som han är så duktig på och som gör alla nervösa. "Jag har hört med samtliga distrikt. Det finns några Matti Eriksson längre norrut men alla är i fel ålder. Beskrivningen gav inte heller någonting."

"Vi tror att det är han som mördade Sandra Bark."

"Du har nämnt det. Men vilket motiv hade han till det?"

"Motivet är att han försöker sopa igen spåren efter ett annat mord och att hon kan ha varit vittne till dådet."

"Spekulationer, Larsson. Vi arbetar med teorin att det var en främling som mördade Sandra Bark. Det finns vittnen som har sett en mörkhårig person parkera en bil, gå in i porten där hon bor och komma ut en halvtimme senare. Han halvsprang fram till bilen och försvann med en rivstart."

Jag tänkte säga att jag hoppades att det inte begåtts något brott där jag bor för i morse hade jag rusat nerför trapporna, ut på gatan och kastat mig in i bilen och försvunnit med en rivstart. Detta beroende på att jag haft bråttom ut till Långedrag och att jag skulle hämta Jens på vägen. Men jag sade ingenting. Det hade bara väckt hans sarkastiska talanger till liv.

Vi förstod av hans släpiga sätt att prata att polisen inte tänkte lägga mer tid och kraft på ärendet. Jag tittade på Jens som just skyfflade in en ny portion sand i blandaren. Jag tolkade hans axelryckning som att från och med nu fick vi kämpa ensamma. Jag hade nog inte väntat mig något annat för jag kände ingen större besvikelse. Poliserna tog ett kort adjö och försvann på samma sätt som de hade anlänt – full fart.

Det tog ytterligare en halvtimme att fylla formen till kanten. Jens skyfflade och blandade och jag sprang med skottkärran. Algot satt på bänken och vilade händerna på käppen. Han var långt borta i tankarna. Jag gissade att han befann sig på en tidsresa som slutade en söndagsmorgon för tjugofem år sedan på just den här platsen. Jag skulle just muntra upp honom med kommentaren att polisen inte lyckats med någonting hittills i ärendet när jag tittade mot udden där polisbåten försvunnit och såg en annan farkost komma tuffande. Harrys gamla skramlande skuta. Jag tittade på Jens och såg att han rynkade ögonbrynen precis som jag. Det var flera timmar för tidigt. Vi skulle besöka Sten Svensson, vittnet från dansbanan innan vi åkte tillbaka till staden. När båten kom närmare såg jag en person på däcket och en cykel lutad mot relingen. Jag suckade. En hel dag utan Jenny hade naturligtvis varit för mycket att begära. Hon vinkade frenetiskt när hon var säker på att vi sett henne. Jag sprang fram till bryggghuvudet för att med gester och rop dämpa Harrys fart mot bryggan. Innan cementen torkat var bryggan för vek för att tåla hans omilda buffande med stäven. Till min förvåning förstod han och smög sig så sakta och försiktigt intill bryggan att jag blev imponerad av tilläggskonster för andra gången den senaste halvtimmen.

Däcket var precis i nivå med bryggan och Jenny rullade elegant cykeln med sig när hon tog steget över på trävirket. Harry backade ut och vände stäven mot en annan ö. Innan han försvann höll han upp två fingrar i luften. Budskapet var att han skulle komma tillbaka om två timmar. Våra gester i retur meddelade att vi uppfattat.

Jens hade just plattat till cementen med en skyffel och tagit några steg ifrån ytan för att beskåda resultatet. Det skulle han inte ha gjort. Lämnat ytan obevakad alltså. Jenny både klev och rullade cykeln på den våta cementen. Jag förklarade indignerat att nu skulle hennes fotspår och hjulspår vara kvar där för all framtid. Det tyckte hon var så skojigt att hon ställde ifrån sig cykeln och lade sig på knä och tryckte dit sina handavtryck också. Samtidigt pratade hon om Grauman's China Theater i Los Angeles.

Jag förstod ingenting som vanligt men Jens log och skakade på huvudet på det där sättet som är reserverat för Jenny och hennes konster. Det överseende och förlåtande sättet. Jag fick lära mig att Grauman's entré är den plats där filmstjärnornas hand- och fotavtryck och namnteckning förevigats i cement sedan filmkonstens barndom. Nu hade Jenny åstadkommit en koppling mellan bryggan på Båssö och kändisvärlden. Tyckte hon. Egentligen skulle hon sätta dit namn och datum också men då sade jag att det var färdigtramsat och att vi hade ett viktigt möte med Sten Svensson. Jenny kunde gå med Algot upp till hans hus och vänta där tills vi kom tillbaka. Vi kunde inte gärna ta med oss en gäst när vi själva var gäster. Till min förvåning protesterade hon inte. Jag lyckades fumla på mig axelhölstret utan att någon upptäckte det. Enkel match för mannen som inte finns, tänkte jag belåtet och rättade till kavajen för att bulan under armen inte skulle synas.

När vi en stund senare passerade vägen som gick upp till Algots hus svängde Algot in på den men inte Jenny. Våra gester och miner bet inte alls. Hon bara log. Inte det charmiga leendet utan det där som säger 'stackars lille Freddy, är de dumma mot dig nu igen'. Min suck var så tung och djup att mina lungor blev överstimulerade och jag fick en hostattack. När vi traskade vidare tog jag upp min anteckningsbok och letade upp vägbeskrivningen till Stens hus. Sidan var full av kladd och ändringar och överstrykningar så jag fick ingen rätsida på det. Att be Algot om en vägbeskrivning hade visat sig tålamodsprövande. Innan jag hunnit anteckna en anvisning ändrades den och byttes mot en ny. Vi traskade i alla fall byvägen fram. Det fanns ingen annan möjlighet till att börja med. Vid den första avtagsvägen eller stigen stannade jag och kliade mig i huvudet. Jenny fortsatte obekymrat. Jag ropade henne tillbaka för överläggning men det hjälpte inte. Jens bestämde att vi lika gärna kunde följa efter henne som att stå still. Kanske fanns det någon skylt eller ett namn på en postlåda man kunde rådfråga. Plötsligt svängde hon in på en liten stig mellan höga häckar. Jens och jag såg inga skyltar eller kännetecken utan stannade på byvägen och skakade våra huvuden. Jag höjde rösten. "Vart är du på väg?"


Inget svar. Jag gick in på samma lilla väg för att kalla henne tillbaka. Hon hade stannat framför en trätrappa som ledde upp till ett hus på en klippa. Till ytterligare irritation ställde hon ifrån sig cykeln och gick uppför trappan. Jag upprepade min fråga. Nu i hög och irriterad ton. När hon kommit nästan ända upp till huset öppnades ytterdörren och en man klev ut, gick nerför en trappa och ställde sig på en plan yta med händerna i sidorna. Jag sprang upp för att rädda henne från att skämma ut sig. Och mig. När jag stod öga mot öga med mannen stammade jag en förklaring och gjorde en menande gest mot Jenny och sedan mot min tinning. Han varken såg eller hörde mig. Jennys leende fungerade som den gamla vanliga bedövningssprutan. Hela hennes personlighet rymdes i uttrycket.

"Hej, det är jag som är Jenny från Freddys Agentur. Det var mig du pratade med i telefon. Så fint du bor. Vilken utsikt."

Sten gjorde en svepande gest utan att ta ögonen från hennes ansikte.

"Hej Jenny. Så söt du är. Ja den utsikten är ännu finare på sommaren."

"Jag förstår det."

"Det är nämligen damernas nakenbad därnere."

"Menar du det? Då måste jag komma hit en sommardag och ta mig ett dopp därnere."

Sten svalde tungt när hans giriga blick sökte sig ner mot hennes jeansklädda underkropp. Hon var som vanligt klädd i åtsittande byxor. Att döma av Stens uttryck gjorde han sig en bild av den kroppen utan kläder nere vid nakenbadet. Hon snurrade runt, delvis för att presentera Jens och mig men mest för att han skulle kunna studera formen på hennes stjärt som jag tror att hon är väldigt mallig över. Varken Jens eller jag bevärdigades en blick när våra namn lästes upp. Just det. Lästes upp som när det är morgonsamling i lågstadiet. Åtminstone kändes det så när ingen tittade på oss. Min gamla lärare hade inte heller lyft blicken när han rabblade namnen. Jens var inte lika van vid att bli ignorerad som jag och försökte förgäves fånga Stens uppmärksamhet med sitt gemytliga danska smil. Välkommen till klubben, tänkte jag sarkastiskt när Sten och Jenny traskade uppför trappan till ytterdörren med oss moloket lunkande efter. Öarna i Göteborgs skärgård är kraftigt kuperade och trappor är nödvändiga för att komma upp till många av husen.

Jens sade en gång att en människas karaktär läser man bäst ur de små handlingarna. Ur det vardagliga beteendet när en person inte vet att han är iakttagen. När han känner att han har blickar på sig kliver han genast in i en roll. Detta gällde inte Sten. Han brydde sig inte ett dugg om Jens och mig. Han var fullt upptagen med att klä av Jenny. Jag tror att det var när han fått av henne behån som började han flåsa med öppen mun. Jag väntade på att han skulle börja dregla när han närmade sig området kring trosorna. Den väl-skapade stjärten utan tyg runtom skulle troligen orsaka akut hjärnblödning. Inte ens när han öppnade dörren till huset och släppte in oss bevärdigade han oss en blick.

Det var dukat till kaffe på verandan. Vi slog oss ner i bekväma rottingstolar som gick att snurra. Sten drog ut stolen som Jenny skulle sitta i och gjorde så löjliga gester när hon satte sig att drottningen hade blivit generad om det varit henne han bjöd till bords. Det hela var så fjantigt att vi kände oss besvärade. Jag väntade på att Jens skulle klämma ur sig något käckt i stil med *'jag har hört att hovet söker folk med den rätta klämmen'* men han lyckades hålla sig. Jag försökte fånga Stens uppmärksamhet för att säga något om det vackra porslinet men avbröts av hans oväntade fråga *'är du gift?'* Jag tittade förvånad på Jens som tittade lika förvånad tillbaka innan vi förstod att frågan var riktad till Jenny. Jag såg att det ryckte i Jens mungipa och förstod att hans tankar hamnat på samma spår som mina. Vi betraktade den småfete figuren. Det rödmosiga ansiktet och den kala hjässan förde inte precis tankarna till grabbar som spelar i George Clooneys division. Den divisionen måste man nämligen ha kvalificerat sig till om man skall ha framgång hos Jenny. Hon hade också fått nog av det flåsiga beteendet förstod vi när hon svarade med samma glada leende att hon var gift och hade två barn. Beskedet togs emot med den suraste uppsyn jag sett sedan jag frågade en expedit på systembolaget om hon kunde ge mig den perfekta kärleken. Nej, jag försökte inte spinna på henne – jag vet inte hur man gör – utan jag ville ha en likör som heter Parfait Amour som betyder just perfekt kärlek. Det var Jens som hade sagt att det fanns en billigare svensk version av den och lurade mig att fråga efter den på just det sättet. Dansk humor. Det finns ingen svensk variant av Parfait Amour. Efter det var jag tvungen att byta systembutik.

Jennys charmanta sätt att lägga en våt filt över Stens axlar hade avsedd effekt. Hon spädde på med att nicka mot Jens och presentera honom som sin man. Plötsligt upptäckte han att det fanns två personer till i rummet och växlade attityd till sin version av omtänksam värd. Jens funderingar om rollspel stämde in även på Sten när bedövningen hade släppt.

Jennys trick att framställa Jens som både gift med henne och far till hennes två fiktiva barn gjorde att hans ansikte stelnade till en gipsmask. Hon har bearbetat honom i åratal för att just den situationen skall uppstå – Jenny Larsson framför altaret med magister Jens Laurits Jensen. Hans hårdnackade motstånd eggar henne. Jag såg på henne att hon njöt av sitt tilltag. I synnerhet som han inte kunde protestera inför Sten utan att få oss alla att framstå som fjantiga. För en gångs skull var det jag som fick ett smil på Jens bekostnad. Jag funderade en stund på hur jag skulle utnyttja det när Sten frågade mig om min relation till Jenny. Frågan framställdes som om han trodde att hon höll sig med två män. Min förklaring att jag bara var hennes chef fick hans sätt och ansiktsdrag att återgå till normalläge.

Han slog upp kaffe till alla och sig själv ner i en av stolarna. Plötsligt var det Jenny som inte fanns. Och Jens oförskämdhet att vara hennes make krävde också bestraffning. Till min häpnad riktade han all sin uppmärksamhet mot mig. Visserligen är det min uppgift som chefsdeckare att spela någon slags huvudroll inför klienter och andra inblandade i ett fall men eftersom det upplägget alltid har saboterats av JeJe insåg jag att jag inte har någon träning i disciplinen. Jag harklade mig och drog fram anteckningsboken ur kavajens bröstficka. Det var åtminstone min avsikt. Den fanns inte där. Jag letade desperat igenom alla mina fickor med samma resultat. Inte ens pennan fanns där. Då kom jag ihåg att jag flyttat över alltihop till min överrock som jag tänkt ha på mig. Men när jag läst tolv plusgrader på termometern ändrade jag mig och nöjde mig med en lång jacka över kavajen. Utan att flytta tillbaka anteckningsboken. Jag kände mig tämligen dum och för att låtsas att något hänt utom min kontroll lät jag händerna vandra genom innerfickorna en gång till.

Då hände något utom kontroll. Jag kom emot pistolhölstret som tydligen inte stängts riktigt när jag svängde på mig det nere vid bryggan och när jag lutade mig framåt gled pistolen ur. Jag fick inte tag i den men mina fumlande händer lyckades ändå hindra den från att dunsa ner på golvet och smälla av ett skott. Det hela utvecklades med fru Fortunas hjälp till en riktigt skicklig föreställning. Alla kunde se vapnet beskriva en saltomortal innan den fick en dask på kolven så att den beskrev en saltomortal åt andra hållet. Den saltomortalen avslutades med en träff på pipan så att den snurrade ett varv till. I nästa fas lyckades jag få tag i kolven och stoppa jongleringen. Jag tror att en revolverman i Vilda Västern varit mäkta stolt om han presterat något liknande.

Uppvisningen avslutades med att jag satt med en skarpladdad revolver i handen och stirrade dumt på Sten som stirrade tillbaka. Inte dumt utan med en skräck i blicken som om han av misstag hamnat framför en exekutionspatrull. Och han stirrade inte på mig utan på vapnet i min hand.

Jag väntade att han skulle sträcka händerna i luften och ropa "skjut inte, jag är oskyldig".

Mitt avväpnande skratt lät inte naturligt så jag rundade av det med en ljudlig harkling som om jag satt i halsen. Jag stoppade tillbaka revolvern och låste hölstret ordentligt. De ursäkter som dansade runt i huvudet lät lika korkade allihop så jag nöjde mig med ett blekt leende.

"Okej, Sten. Du befann dig alltså vid dansbanan den där kvällen för tjugofem år sedan. Kan du berätta vad du såg och beskriva den här främlingen?"

Jag har aldrig hört någon svara så snabbt och beredvilligt som Sten. Han såg skräckslagen ut när han hasplade ur sig historien. Senare sade Jens att Sten trodde att han skulle bli skjuten om han inte berättade sanningen, hela sanningen och inget utom sanningen. Och det fort som fan.

Det var nog lika bra att jag inte hade anteckningsboken med mig. En stenograf i en rättssal hade inte hängt med i det tempot. Här är en sammanfattning.

Det finns lika många teorier om vad som hände den natten som det fanns invånare på ön vid den tiden. Händelserna är fortfarande stående ämne vid kaffestunderna. Den struttande främlingen hade försvunnit med Sandra. Ingen funderade mycket på det. De flesta hade druckit. Även Jonny som inte tålde sprit och blev aggressiv av två klunkar brännvin. Sandra försvann ofta med andra pojkar. Och det var inte de som drog iväg med henne, det var hon som grabbade tag i dem. Hon hade massor av ursäkter till hands för Jonny. Hon var trött, hon måste hämta någonting, hennes mamma var sjuk. Den enda som trodde på ursäkterna var Jonny. Han var hopplöst romantisk och den siste i Västerlandet som inte trodde på sex före äktenskapet. Och han trodde på fullt allvar att Sandra var honom trogen in i döden. Om man lever i en sådan dimridå skall man nog inte förlova sig med en notorisk nymfoman.

Men den här gången for fan i en av pojkarna som viskade i Jonnys öra vad som var på gång. Kanske en som själv hade hoppats bli kvällens utvalde och ville hämnas på främlingen. Jonny följde efter. Eller raglade efter. Det var det sista man såg av både Jonny och främlingen.

Där tog gissningarna vid. En var att han hade överraskat paret i den gäststuga där hon brukade ha mottagning och att det utbrutit slagsmål med dödlig utgång. En annan var att han hade blivit förtvivlad när hela hans värld hade slagits i spillror och att han hade gått och dränkt sig. Men det var bara två av många spekulationer. Främlingen var lång, stöddig och såg bra ut på ett maskulint sätt. Han hade pratat med nordlig accent. Väldigt nordlig. Däruppe där dom nästan sjunger när dom pratar.

Berättelsen slutade abrupt och Sten tittade försiktigt forskande på mig. Jag nickade uppmuntrande. Jens påstod efteråt att han lagt märke till att Sten knäppt sina händer under bordsskivan i någon slags bön eller tacksägelse till högre makter. Kanske för att han inte blivit avrättad.

Jag förstod att mitt fumlande med revolvern redan sorterats in i anekdotfloran och att den skulle kryddas i det oändliga innan ämnet var uttömt. Vilde Bill Larsson. Jag reste mig och tackade Sten för kaffe och vänligt bemötande. Jag måste erkänna att han såg lättad ut. Först då noterade jag att Jenny skrev i sin anteckningsbok. En liten röd precis som min. Hon hyssjade åt mig när jag harklade mig och nickade mot dörren. Vi stod i flera minuter och väntade medan pennan krafsade febrilt. Löjligt, tänkte jag. Allt som sagts var registrerat i min deckarhjärna. Hon avslutade med att le det bedövande leendet mot Sten. Han reagerade inte.

När vi strosade mot bryggan för att åka tillbaka till Långedrag med Harrys gamla skuta berättade Jenny att hon bett Harry sätta upp den extra turen på samma räkning som de andra. Bara så att jag visste och inte trodde att han försökte skörta upp mig. Påhittet att ringa Sten och meddela att det skulle bli en extra gäst var ett utslag av hennes vänlighet och goda uppfostran. Jag uttryckte förståelse och berättade att jag sett otaliga exempel på hennes uppfostran. Jag tänkte tillägga att jag bidragit till den under en del av hennes tidiga uppväxt och att jag frånsvor mig allt ansvar för resultatet. Men jag sade ingenting. Sarkasmerna hade ändå inte nått fram. Harry låg och väntade när vi kom. Vi kontrollerade att fundamentet torkade som det skulle och lät varningskonen och skylten med våt cement stå kvar. Algot skulle ta bort den nästa dag.

När vi tuffade mot staden berättade Harry med upphetsad stämma att han sett den struttande mannen igen. Den här gången på Långedrags bryggor där han strosat omkring och studerat båtar. Struttaren hade inte känt igen Harry eller hans båt som legat lite avsides den här gången. Harry hade tittat i sin kikare och noterat att det var små motorbåtar han intresserat sig för. Vi funderade på det märkliga beteendet. Jens var den ende som kunde göra sig hörd över motorslamret. Hans teori var att Eriksson tänkte stjäla en båt och ta sig osedd iland på Båssö, smyga sig upp till Algots hus och överraska honom med ett vapen i handen. Med en axelryckning avfärdade jag teorin som ett utslag av skenande fantasi. Jenny såg ut som om hon höll med Jens. Hon håller alltid med den som presenterar den mest absurda hypotesen.

När vi traskade längs bryggorna ringde jag Katarina och avtalade tid för samtal och rapport. Det var trots allt hon som var uppdragsgivare lade jag till efter samtalet när JeJe tittade på mig som om jag gjort något otillbörligt. Jag undrar varför jag alltid får dåligt samvete när folk tittar på mig. Borde kanske jobba med mitt självförtroende. När jag tänkte på självförtroende tänkte jag på Katarina. Hon var den enda människa jag träffat som

kunde matcha mig i disciplinen dåligt självförtro-
ende.

Både Jens och Jenny hade ärenden och kunde
inte följa med till deckarkontoret. Passade mig
bra eftersom jag behövde samla dagens intryck
och skriva i min loggbok. De lovade att dyka upp
senare. Jag sade att det inte var nödvändigt. Till
min överraskning stod Katarina och väntade på
mig utanför min lägenhetsdörr. Hon hade det där
uttrycket som jag beskrivit tidigare, vädjande och
på samma gång inbjudande. Men det är min tolk-
ning. Eller förhoppning. Hon kanske menar något
helt annat. Jag lagade snabbt ihop en omelett med
svamp och baconbitar som jag är bra på och vi åt
i köket. Det var första gången jag var ensam med
henne och kände mig lite osäker. Jag är inte van
vid att vara ensam med tjejer. Har aldrig varit
ihop med en tjej på det riktiga sättet om ni förstår
vad jag menar. Ja, det är nog inte så svårt att för-
stå.

Men samtalet flöt på bra ändå. När vi ätit före-
slog jag en kopp kaffe på deckarkontoret men hon
ville hellre ha vin. Vi slog oss ner i soffan och
läppjade på det goda rödvin Jens hade försökt
göra slut på men inte orkat. Jag kände att det var
starkt.

Jag försökte sammanfatta dagens händelser men
hon sade att det kunde vi ta vid ett senare tillfälle.
Istället berättade hon om sin favorithobby astro-
logi och berättade att hon ställt ett horoskop på
mig. Jag trodde hon menade ett sådant som man

110

läser i veckotidningarna. *Idag kommer du att träffa någon som förändrar ditt liv. Ditt lyckonummer är åtta och din lyckofärg är plommon. Akta dig för främlingar med stora hattar.* Men hon berättade att hennes typ av horoskop var något helt annat. Hon hade frågat Jenny vilken tid på dygnet jag var född, tagit reda på hur Zodiaken stod det året vid den tiden och mina föräldrars stjärntecken. Hon hade massor av litteratur i ämnet.

Medan hon pratade smög hon sig närmare mig och plötsligt kände jag hur hennes fot strök mot min. Mitt hjärta började banka. När hon pressade sitt bröst mot baksidan av min överarm och lade huvudet på min axel kände jag hur blodet rusade och det var inte vinet som var orsak. Som i en dröm hörde jag henne berätta att hon bara varit intim med en enda man i hela sitt liv och att det hade varit helt misslyckat för han var född i fel stjärntecken och på helt fel tid på dagen. Jag beklagade mumlande men tackade samtidigt min lyckliga stjärna att jag tydligen var född vid rätt tidpunkt. Det enda rätta jag åstadkommit i mitt liv. Fast det var mina föräldrars förtjänst.

Detta är inte sant, tänkte jag. Äntligen skulle jag få göra debut med en kvinna. Känna hennes mjuka hud mot min, smeka hennes...nej, jag vill inte gå händelserna i förväg. Bara njuta av ögonblicket. Carpe diem, tänkte jag. Hurra för Horatius. Ja, det sägs att det var den gamle romaren som myntade uttrycket. Jag kände hur det snurrade till i huvudet. Inte ett ögonblick för tidigt för en fyrtiotreårig tjomme att få pröva på det finaste gud har tänkt ut för en man. Plötsligt reste hon sig och jag blev dödsförskräckt att hon blivit besviken eller tappat intresset och tänkte gå. Men så var det inte alls. Hon ställde sig framför soffan med ryggen mot mig och drog av sig tröjan. Därpå följde en lite tafflig stripteaseakt men just det gjorde den mer upphetsande än om det varit en professionell strippa som stått där. Behån gick samma väg som tröjan. Jag kunde konstatera att hon hade små och välformade bröst. Sådana där som jag drömt om att lägga händerna på och smeka sakta och försiktigt. Därefter drog hon ner jeansen, skakade ner dem till golvet och klev ur dem. Nu bankade det i mitt bröst så att jag trodde hjärtat höll på att slå sönder någonting därinne. Går det att dregla med ögonen? Om det gör det så var det nog det jag gjorde i det ögonblicket. Hon drog ner trosorna så att stjärten blev synlig. Fortfarande hade hon ryggen vänd mot mig. Jag kände i byxorna att någonting spände så hårt att dragkedjan höll på att rämna. Ögonblicket var inne. Snart skulle något annat vara inne. Inne i det mjuka varma paradiset. Hon drog av trosorna och ålade med kroppen en stund för att de skulle ramla ner på golvet. Jag försökte få syn på det intressanta som en kvinna har mellan skinkorna men det lyckades inte riktigt. Det kändes inte rätt att lägga sig på soffan och sträcka halsen och vrida huvudet för bättre vinkel. Jag skulle ändå få

se allt det när hon vände sig om. Hon tittade för-
föriskt på mig över axeln. Jag reste mig stelt och
hetsigt och lossade livremmen.

Då hör jag att det slår i lägenhetsdörren och att
någon hänger av sig kläder i hallen. Och Jennys
röst som tjoande frågar om jag är hemma. I has-
tigheten hade jag glömt att stänga dörren till
deckarkontoret. Medan jag knäpper byxorna och
förbannar henne mellan sammanbitna tänder ser
jag att Katarina tar upp sina kläder från golvet
men hon tar inte på sig. Håller dem bara framför
sitt kön. Nästa sekund steppar Jenny in på sitt
hurtiga sätt.

Om en normal människa hade kommit in och
sett en naken kvinna tillsammans med en man
hade hon stammande bett om ursäkt och omedel-
bart lämnat rummet. Med rodnande kinder. Jag
förstod att Katarina också väntat sig det och att
det var därför hon inte klädde på sig. Hon var lika
inställd på den förestående akten som jag och
även hennes förståndsgåvor var blockerade av
blodet som rusade i huvudet.

Hon gjorde ingen min av att klä på sig nu heller
fastän Jenny stod några meter ifrån och betrak-
tade henne. Av Jenny kan man inte vänta sig ett
uns av anständighet. Hon kan inte stava till ordet.
Hon hade pratat om god uppfostran ute på ön. Sin
egen. Det här var ett praktexempel. Hon visste
inte att jag aldrig varit tillsammans med en repre-
sentant för det motsatta könet. Det är en av de
saker man inte gärna berättar. Fyrtiotre år och

oskuld. Man spelar sin roll och skrattar på rätt ställe när samtalen halkar in på ämnet sex. Vilket det gör påfallande ofta i de kretsar jag rör mig. Eller alla kretsar nu för tiden. Det verkar som om sex inte är en privat angelägenhet längre. Jag brukar spela min roll och berätta lustiga historier om taffliga mäns taffliga närmanden till kvinnor. Historier jag hört eller läst.

De historierna har ogenerat omarbetats av JeJe och lagts till i anekdotfloran som mina självupplevda katastrofer på det erotiska planet. Så det som hände här och nu var att Jenny fick näring till ytterligare en berättelse. Freddy sitter påklädd medan en kvinna klär av sig för honom och han fattar ingenting.

Hon hälsade glatt och obesvärat på Katarina som om hon avbrutit en kaffestund. Till min förvåning blev inte Katarina skräckslagen över sin nakenhet och flydde ut ur rummet. Istället började de två kvinnorna prata med varandra i obesvärad ton om hur svårt det är att få en man att förstå hur en kvinna fungerar sexuellt. Eller hur en kvinna fungerar överhuvudtaget. Ja, det var förstås Jenny som slog an den tonen men till min förvåning föll Katarina in i samma tonart. Jag hade nog misstagit mig på hennes brist på självförtroende. Till råga på allt lade hon ifrån sig sina plagg på soffan medan hon klädde på sig. Under nästan en minut kunde jag på trettio centimeters avstånd studera en hårig triangel mellan elegant formade lår som just nu skulle ha varit särade för att bjuda mig på min första resa till landet extas. Om inte Jenny – den iskalla duschen - hade poppat upp.

Avstånd, förresten. Vilket passande ord i sammanhanget. Fast i en betydelse som rörde det som hände innanför min gylf. Av stånd. Stånd av. Tragikomik i de nedre regionerna.

Men det värsta var deras obesvärade samtal som om jag inte fanns. Ögonblicket när jag känt att jag fanns mer än någonsin hade kommit och gått. Freddy, tankespöket hade funnits en stund och försvunnit igen. Funnits för första gången på allvar i en kvinnas medvetande. Samtidigt undrade jag hur jag skulle bära mig åt för att få en chans till. Det var ju inte mitt fel att det hade gått snett. Jag hoppades att mitt stjärntecken inte förlorat sin attraktionskraft.

Katarina hade precis fått på sig kläderna när en välbekant signal på dörrklockan meddelade att nu är allt som vanligt igen. Den amorösa stämningen förbyttes i sin raka motsats – den allt överskuggande klämmigheten – när Jens trampade in och dunsade ner i soffan. Han grabbade tag i det närmaste glaset som råkade vara Katarinas och tömde det i en enda stor slurk. Mitt första stora erotiska ögonblick hade kommit och gått utan att ens bli ett erotiskt ögonblick. Jag hade inte ens rört vid den nakna kvinnan.

Några minuter senare hade det hämtats glas och gjorts tacos och snacks av allt som kunde hittas i mitt kylskåp. Jag är lite av en läckergom så det fanns kräftstjärtar i currymajonnäs, en kall nötstek som skars i små fyrkanter, stenbitsrom med hackad rödlök, kalla skivade köttbullar, räksallad med extra mycket räkor, creme fraiche med olika kryddor och hackad persilja, dill och gräslök att strö över. Det var förstås Jenny som sprang fram och tillbaka och hämtade mer när en omgång var uppäten. Jens bidrog med vin. Det vill säga mitt vin. Boxen var slut så det var flaskor som öppnades.

Och där satt jag med den konstigaste känsla jag någonsin haft. Jag hörde att det fördes ett livligt samtal men det var som om rösterna letade sig in i rummet genom väggarna. Min koncentrationsförmåga hade aldrig varit så död. Jag anade att besvikelsen över den missade sexupplevelsen skulle förfölja mig i månader, kanske år, kanske för alltid. Om jag inte fick en ny chans. Katarina tittade på mig men inte på det inbjudande sättet. Plötsligt uppfattade jag att det var tyst i rummet och att alla blickar vilade på mitt ansikte. Jens gjorde en trött gest.

"Okej, chefen, en gång till. Brukar du fatta obehagliga beslut?"

Om jag såg lika idiotisk ut som jag kände mig hade jag nog tangerat rekordet för fåraktiga ansiktsuttryck. Jens håller seminarier i ekonomi för ensamföretagare och chefer och då förekommer antagligen sådana intervjufrågor som jag kallar dem. Han brukar testa på mig även om han betraktar min chefsposition ur en skämtsam synvinkel. Tydligen var det något sådant som pågick här och nu. Jag ryckte på axlarna.

"Nej."

"Brukar du fatta positiva beslut?"

"Nej, jag fattar ingenting."

Nu blev det tyst igen. Men en annan tystnad. Inte road som man kunde vänta sig utan en bedrövad tystnad med uppgivna huvudskakningar. Därmed var seminariet slut för den här gången. Mina ord ringde i öronen. Det är sällan jag träffar prick med en kommentar men den här var kusligt säker. Jag fattar ingenting. Precis de orden hade jag lagt i Jennys mun när jag funderade på vad hennes fantasi skulle göra av episoden med Freddys nya eskapad i Don Juans anda. Fast det finns inga gamla eskapader. Nej, Freddy fattar ingenting. Minst av allt fattar jag hur tjejer fungerar. Precis som Jenny brukar säga om män. Dom fattar inte. Samtidigt slog det mig att det faktum att hon sett mig med en naken kvinna skulle få henne att tro på min bluff att jag hade erfarenhet av det motsatta könet. Alltid något tänkte jag och viftade bort tanken att en bluff hade ersatts av en annan.

När jag lugnat ner mig med ett glas vin bestämde jag mig för att försöka återföra samtalet till det pågående fallet. Och till att sammanfatta dagens samtal med Sten på Båssö som jag börjat kalla honom eftersom jag glömt hans efternamn. Återföra? Ämnet hade fortfarande inte berörts. Till min förvåning blev det gehör för förslaget. Jag tog fram min anteckningsbok och bläddrade fram en sida i mitten. När jag gjort det tog Jenny fram sin exakt likadana anteckningsbok och gav mig en frågande blick. Hon visste att jag inte hade gjort några anteckningar under samtalet på ön. Men det hade hon. Hon bläddrade också fram en sida i mitten.

"Okej, boss. Låt oss jämföra våra noteringar."

Jämföra? Den lilla giftödlan. Jag hade varit säker på att jag skulle komma ihåg allt som sagts på Stens veranda men just nu kom jag bara ihåg giriga blickar på Jennys stjärt. Jag slog demonstrativt ihop min bok och konstaterade att det krävs en viss färdighet att slå ihop en väldigt liten röd anteckningsbok på ett demonstrativt sätt. Jag funderade på att göra om det med lite större schwung men hörde inom mig de skrattsalvor en sådan gest skulle utlösa. Jag undvek Jens muntra blickar.

"Okej, du är sekreterare, Jenny. Det är sekreterarens uppgift att föra anteckningar. Låt oss höra."

Jag har beskrivit Jennys leende förut. Men inte den här varianten. Jämfört med det som hon lyckades pressa in i det här uttrycket är Mona-Lisas leende lätt att tyda. Jag nöjer mig med att nämna ironi, överlägsenhet och trams. Det senare när hon mötte Jens glada blick.

Men hon tog ändå på sig rollen som sekreterare. Då och då inflikade Jens sina synpunkter. När hon läst färdigt larvade hon sig och slog igen boken på samma sätt som jag gjort. Demonstrativt. Jag låtsades att jag inte lade märke till det.

Samtidigt slog det mig att vi inte berört mordet på Sandra Bark under samtalet på ön. Jens kom också att tänka på det och det var han som satte ord på min teori om Mattis motiv.

Om han mördat Sandra för att hon visste vem han var fanns det flera som befann sig i farozonen. Algot i första hand men det fanns en till. Han flyttade blicken till Katarinas oskyldiga ansikte. Det tog en lång stund innan hon fattade vad han menade. Hon placerade handen på bröstet och tittade sig omkring med skräckslagen min.

"Jag vet ingenting. Jag var inte där den kvällen och jag visste inte vad han hette innan ni berättade det."

Jens nickade bistert.

"Matti vet inte att du inte vet. Han har letat upp ditt namn i telefonkatalogen och tagit reda på var du bor. Vi får inte låta oss luras av polisens lättvindliga attityd. Vår struttande vän är farlig." Han gjorde en paus och studerade Katarinas uppsyn. "Harry berättade på hemvägen att han sett Matti strosa omkring på bryggorna och titta på små motorbåtar."

Jag erinrade mig min sarkasm om Jens skenande fantasi när han sagt något om vad Matti kunde tänkas hitta på med en liten båt. Det kändes som om det fanns mer substans i hans funderingar nu. Men jag vill inte ge honom den krediten oförbehållsamt. Dessutom är ett av fundamenten i min deckarfilosofi att alltid ifrågasätta och belysa alla aspekter från olika håll.

"Vem som helst kan traska omkring och titta på båtar bara för att fördriva tiden. Och det är inte många båtar som ligger kvar i sjön så här års."

"Jag menar att det är enkelt att smyga sig ut med en liten snabb båt och lägga till nära Algots hus. Ta sig osedd uppför klipporna och bryta sig in i huset med en pistol i handen." Nu gjorde han en paus igen och tittade försmädligt på mig. "Det vet ju alla hur lätt det är att få tag i en pistol nu för tiden."

Jag låtsades inte om hans blick.

"Varför stjäla en båt? Varför inte hyra?"

"Om du hyr måste du uppge namn och visa legitimation. Och om du tycker det låter bättre kan vi säga att han lånar en båt."

Det blev tyst en stund. Vi insåg att om Jens funderingar hade substans började det bli ont om tid. Vi kom överens om att jag skulle ta en tur med ordinarie skärgårdsbåten nästa dag och titta till Algot. Inte minst för att lugna Katarina som såg ordentligt uppskrämd ut nu. I bakhuvudet malde tanken att om jag räddade hennes far ur någon slags knipa kanske hon skulle kunna tänka sig en repris av dagens avbrutna händelse. Eller ett fullföljande av det påbörjade äventyret. Jag gjorde några anteckningar i min lilla röda och stoppade tillbaka den i fickan utan demonstrativa rörelser eller miner. Jag bestämde även att ta med min revolver. Eller Katarinas revolver. Eller Algots revolver. Usch, vad det känns dumt att ha en revolver. Och osäkert. Många känner sig nog trygga och duktiga om de har en revolver. Jag blir bara nervös.

# En annan definition av revolverman

Skärgårdsbåten tuffade tyst och stadigt fram mellan öar och holmar. Den blygrå vattenytan prickades av ett stillsamt regn. Jag var ensam i kaféet en trappa upp och njöt av utsikten och stillheten och en kopp kaffe med dopp. Ejdrar och skarvar såg frusna ut där de satt på de klipphällar som nätt och jämnt höjde sig över ytan. Jag vände mig om när vi passerat en sådan holme på nära håll. Svallet från båten sköljde upp och nästan dränkte klippan men fåglarna brydde sig inte. Några ejdrar tycktes till och med sova fast det iskalla vattnet skvätte upp mot deras huvuden. När jag vände blicken framåt igen för att studera nästa tilläggsplats kom en person uppför trappan och slog sig ner vid ett bord nära mitt. Jag hajade till när jag kände igen mannen som suttit vid baren på Lorensberg och tittat upp när min självömkande granne hade snyftat till. Personen som liknat Jonny på bilden där han log snett och inåtvänt.

Jag försökte fånga hans blick för ett igenkännande *hej* men han tittade inte på mig. Konstigt beteende tänkte jag. När man kommer in i ett båtkafé där det bara sitter en person hör det till

123

god ton att titta på vederbörande och hälsa med en liten nick. Han lade en tidning på bordet och ägnade sig åt den en stund. Plötsligt tittade han upp och våra blickar möttes en sekund. Men han visade inga tecken på att han kände igen mig. Freddy deckare, mannen som inte finns tänkte jag för hundrade gången när han stack ner näsan i tidningen igen.

Däcksmannen kom ut från styrhytten och gjorde ett tecken till mig. Jag såg att han även gjorde ett tecken till den andre personen och att denne gjorde en grimas och skakade på huvudet. Båten angjorde inte de mindre öarna om man inte sade till besättningen att man skulle dit. Tydligen hade barmannen som jag kallade honom också sagt att han ville kliva iland på Båssö men ändrat sig av någon anledning. Jag funderade inte mer på saken utan ställde min bricka på avsedd plats innan jag gick ner till fördäck och väntade på landstigning. Det var bara jag som väntade.

Regnet tilltog när vi närmade oss bryggan vi hade slitit med. När skepparen tryckte stäven mot brygghuvudet för att jag skulle kliva iland öppnades himlens portar. Regnet piskade vattnet så att det såg ut som om det kokade och klipporna rök av finfördelat vatten. Jag önskade att jag gjort som den andre personen i kaféet och stannat i den sköna värmen men när de haft besväret att lägga till vid ön tyckte jag att det var min plikt att kliva iland. Jag småsprang över bryggan och såg till min häpnad att en polisbåt var förtöjd vid sidan av tilläggsplatsen. Jag studsade uppför klipporna till det lilla regnskyddet och dunsade ner på den smala bänken. Regnet skvätte på mina ben så jag tryckte mig in mot läsidan så gott det gick. Skärgårdsbåten vände omständligt på den lilla ytan som stod till förfogande och kom så nära vindskyddet att jag trodde den skulle ramma klippan bredvid bryggan. Kaféet hamnade i ögonhöjd och jag kunde se den sure personen. Plötsligt lade han ifrån sig sin tidning och tittade på mig. Jag kunde inte tyda blicken genom regnet som vräkte ner men hela hans attityd var fientlig. Tyckte jag och förstod inte varför. Jag hade inte gjort honom någonting.

Skepparen vände stäven i rätt riktning och drog upp farten. Propellern rev upp grönt slam som virvlade runt i det vilt böljande kölvattnet. Surkarten i kaféet syntes inte längre. Jag fortsatte fundera på varför han var avogt inställd mot mig men hann inte utveckla tanken förrän en polisman med dragen pistol dök upp på ena sidan av vindskyddet. Innan jag avslutat min skräckslagna gest stod en till på andra sidan, också med draget vapen. Jag kom att tänka på Stens skräckslagna uttryck när jag fumlade med revolvern. Nu hörde jag mig själv spruta ut de ord jag – eller Jens – hade lagt i hans mun.

"Skjut inte – jag är oskyldig!"

Den längre av polismännen tittade föraktfullt eller överseende på mig.

125

"Matti Eriksson?" Du är anhållen, misstänkt för mord på Sandra Bark."

"Det är ett misstag. Jag heter Freddy Larsson. Jag är på väg till Algot Kromback för att..."

"Vi vet att du är på väg till honom. Han identifierade dig för en liten stund sedan som Matti Eriksson. Han kände igen dig på den struttande gången."

Struttande gången? Nu blev jag förnärmad.

"Jag har ingen struttande gång."

Jag kom att tänka på att jag sprungit uppför de hala klipporna och att det kunde ha sett lite lustigt ut. Jag förklarade det för poliserna. De såg inte roade ut. Den längre sade till mig att lägga händerna mot väggen på vindskyddet. Den andre klappade på min överkropp och stelnade till när han stötte emot något hårt. Med ett triumferande grin drog han revolvern ur hölstret och höll upp den så att den andre också kunde grina på det sardoniska sättet. Jag hörde mig halvgråtande förklara hur pistolen hamnat i min ägo, att det var Algots pistol och att jag varit på väg att lämna tillbaka den så att han kunde försvara sig om Matti Eriksson dök upp. De svarade inte. Istället drog den kortare upp ett par handklovar medan han rabblade ramsan jag hört så många gånger på film. Fast jag har bara hört den på engelska. *You have the right to remain silent. If you chose to speak, anything you say can be used against you.* Jag hörde mig svara att jag förstod.

Ljudet av handfängslen som låstes runt mina handleder var det ohyggligaste ljud jag någonsin hört. Innan vi klev ombord tittade jag upp emot Algots hus och försökte med blicken meddela att det hade hänt något förfärligt och att jag var oskyldig. Kanske lite svårt att få fram det budskapet med ett ansiktsuttryck. Jag gissade att han tittade i sin kikare. Å andra sidan trodde han att jag var Matti Eriksson. Jag fick inte ihop det och drog slutsatsen att mitt irrationella beteende berodde på den desperata situationen. Vi skyndade oss ner i båten för att komma undan regnet. Jag låstes in i ett cell liknande utrymme i ruffen. Regnet dånade på plåtdäcket hela resan tillbaka till staden. Vissa människor tycker om ljudet av regn. Tycker att det är lugnande när det rasslar på fönsterbleck eller på taket om man bor i ett litet hus. Mysigt med piskande regn mot fönsterrutan när man läser en bra bok. Jag tillhörde den sorten fram till den här dagen. Nu skulle jag för alltid förknippa dånande regn med en cell på en polisbåt. Min mobil ringde men jag hann inte fumla upp den ur fickan innan den slutade. Jag hade ändå ingen lust att prata med någon.

Jag tänker inte ens försöka beskriva Robertsons uppsyn när jag en timma senare satt mittemot honom och betraktade revolvern som han eftertänksamt flyttade från ena handen till den andra. Patronerna hade han tagit ut och lagt på bordet så jag behövde inte frukta att han tänkte placera en

127

av dem mellan mina ögon. Sådana tankar hade nämligen dansat igenom mitt blockerade huvud när jag eskorterades in i hans rum av en de polismän som hämtat mig vid Nya Varvet. Det slog mig att jag den senaste timmen gjort två saker som jag drömt om som barn. Åka polisbåt och åka radiobil. Fascinationen för de företeelserna hade dämpats. Robertson sade ingenting de första tio minuterna. Satt bara tyst och vilade ögonen tungt på mitt ansikte. Att någon kan vara tyst en halv minut för att markera sitt förakt eller sitt övertag eller vad som helst kan man kanske stå ut med. Men tio minuter. Det stod en klocka på hans skrivbord. Jag följde sekundvisarens färd runt urtavlan och konstaterade efter några varv att den hickade till när den passerade markeringen för åtta. Efter en stund blev jag så fascinerad av hickandet att jag hickade själv. När den passerade åtta för tionde gången bet jag ihop tänderna så hårt jag kunde för att dämpa hickningen. Då blev det naturligtvis mycket värre. Det ljud som steg upp ur strupen och fastnade i bronkerna eller vad som hände påminde om när en harkling skär sig och går över i falsett. Det lät oerhört komiskt men Robertson rörde inte en min.

Det gjorde jag. Ett återhållet hysteriskt utbrott tror jag man kan kalla det. Mitt första någonsin. Ett sinnessvagt skratt som fastnade mellan svalget och luftstrupen men hördes tydligt ändå. Ljudet påminde om det John Cleese's hotellägare Basil presterade när han just hade förolämpat en person

och av sin fru fick reda på att det var hälsovårds-
inspektören. Robertson lade revolvern på bordet
och lutade sig tillbaka i sin stol.

"Du har tur igen, Larsson. Vi har kontrollerat
pistolen. Den är registrerad i Algots namn sedan
sextiofem år. Som ett jaktvapen. Det var andra
vapenlagar på den tiden. Idag är det bara tävlings-
skyttar som får licens för handeldvapen. Men inte
för Smith & Wesson 45:a. Vet du att det var ett
sådant vapen som användes vid mordet på Olof
Palme?"

Jag visste inte det men tror att mina läppar
rörde sig när jag tackade gud för hjälpen med
Algots licens. Samtidigt försökte jag spela likgil-
tig som om det var självklart att min historia var
sanningen och inget annat än sanningen. Jag
tänkte på något jag hört eller läst en författare
säga. *Det är inte viktigt att en historia är sann
men den måste vara trovärdig.* Men han menade
nog inte historier man drar för en bister polis-
kommissarie

"Jag tyckte bara det var viktigt att ta den ifrån
Katarina så att hon inte skadade sig. Hon vet inte
mycket om vapen."

"Ingen som går omkring med en skarpladdad
revolver på det sätt du gjorde vet mycket om va-
pen." Han nickade lojt mot pistolen. "Vet du att
den var osäkrad när polismannen tog den ifrån
dig. Du kan tacka din skapare att inte ett skott
brann av när du galopperade uppför klipporna."

Galopperade? Struttade? Jag har ett ganska normalt rörelseschema. Och jag tror inte att revolvern var osäkrad. Det hade jag lagt märke till när jag stoppade ner den i hölstret. Jag skulle just påpeka det när Robertson hakade på just det temat.

"Det hölstret du har är gjort för ett annat vapen. Så när du stoppar in den här revolvern så kommer kanten på lädret emot hanen och spänner den."

Jag försökte föreställa mig pipans riktning när revolvern befann sig i hölstret. Då gjorde han det igen. Fortsatte där mina funderingar slutade.

"Och tack vare att det är ett annat hölster så pekade pipan rakt mot ditt hjärta."

Jag tror inte att mitt leende var riktigt övertygande. Jag försökte tänka ut något att säga men hjärnan ville inte vara med. Tack och lov inte tungan heller för den var just i färd med att prestera något klämmigt i stil med att lyckan står den djärve bi. Robertson gjorde en avrundande gest.

"Så kontentan av dagens polisaktion är att vi troligen räddade ditt liv. Kanske någon annans också om du hade bränt av några skott på spårvagnen eller vid en bar där du brukar hänga."

Det senare framställdes som om jag tillbringade större delen av min vakna tid vid bardiskar. För all del. För att hålla uppe imagen av benhård privatdeckare har det hänt på senare tid att jag slunkit in på någon bar eller pub och tagit en whisky medan blicken svept över lokalen som för det mesta är tom och tråkig vid de tider jag droppar in. Men hur kunde polisen veta det. När ämnet ändå var uppe till diskussion passade jag på att nämna mannen jag sett i baren på Lorensberg. För att avleda eller samla poäng eller av ren desperation.

"På tal om barer så såg jag en snubbe som var väldigt lik Jonny Kromback på det fotot jag fick av Katarina. Där han ler snett. Det var på Lorensberg. Jag fick en känsla av att han bor på det hotellet."

Till min förvåning gjorde Robertson en anteckning i blocket som låg på skrivbordet. Han ställde till och med en följdfråga.

"När var det?"

Jag lyckades prestera ett datum efter intensivt letande i minnet.

"Sedan såg jag honom igen på skärgårdsbåten i förmiddags när jag var på väg ut till ön där jag träffade på dina kolleger. Han kände inte igen mig. Åtminstone låtsades han att han inte gjorde det. En riktig surkart. Han pratade med däcksmannen."

"Kan du beskriva hans röst?"

"Jag hörde honom inte prata." Jag gjorde en konfunderad paus. "Varför frågar du det?"

"För att någon ringde Sandra Barks telefonnummer dagen efter mordet och presenterade sig som en gammal beundrare. Vi har den rösten på band. Samtalet kom från en automat på just det hotellet. Vore bra om någon kände igen rösten."

"Fråga däcksmannen. En glad kille i tjugo-
femårsåldern med ljust hår och pigga ögon."

Jag undrade om pigga ögon var godkänt som
beskrivning i formella polisrapporter men Robert-
son skrev ner det.

"Vi skall prata med honom, Larsson."

Han nickade mot pistolen igen.

"Vapnet är beslagtaget och licensen indragen.
Det blir din uppgift att berätta det för Algot
Kromback och förklara varför."

Jag lovade att göra det fast jag samtidigt be-
stämde att inte nämna det för den koleriska figu-
ren på ön. Algot hade ändå inte sett revolvern
sedan Katarina lagt beslag på den. Det blev tyst
en stund och jag väntade på nästa punkt på dag-
ordningen. Robertson försjönk i ett dokument han
drog fram ur en låda. Han läste länge och obesvä-
rat innan han drog fram sin mobil och gjorde sig
beredd att slå ett nummer. Då lyfte han blicken
och tittade på mig som om han var förvånad att se
mig.

"Tack för besöket, Larsson. Får du vittring på
något mer i ärendet så slå en signal."

Jag studsade ur stolen och gick mot dörren. Jag
hade förberett mig på en lång och tröttsam lista
osorterade åtalspunkter. Olaga vapeninnehav,
innehav av felaktigt hölster, outplockade patroner
i revolver, svarat dumt på polisens frågor, tvingat
ut polismän i ösregn, åkt polisbåt på skattebeta-
larnas bekostnad.

När jag kom ut på gatan sken solen. Och hade den inte gjort det så hade solen i mitt sinne räckt som glädjespridare. Freddy Larsson i sin nya roll som lyckans ost. Det varade inte länge. Jag sprang över gatan innan det slog om till röd gubbe och stannade till på den stora planen utanför Nya Ullevi. Mitt nästa steg var att fundera ut var jag skulle stilla min hunger. Jag rör mig inte så mycket i den här delen av staden numera och visste inte vilka restauranger man bör frekventera. Just då tvärnitade en cykel så nära bakom mig att jag hoppade åt sidan. Och hoppade nästan på en annan cykel. JeJe naturligtvis. Dom tycker det är roligt att göra så. Jag funderade inte ens på hur de fått reda på var jag befann mig. Båda två är mästare på att snoka i ärenden som de inte har med att göra. Jens kände till alla näringsställen i närheten. Han föreslog en käkhåla på Södra Vägen som jag aldrig hört talas om. Jag gissade att det inte var det billigaste stället som fanns inom gångavstånd. Jenny var på sitt spralliga humör vilket gjorde mig misstänksam. När hon är på det humöret brukar det betyda att min plånbok är i fara. Och det var sant. Fast den här gången på ett ovanligt raffinerat sätt.

Vi bänkade oss runt ett fönsterbord och läste igenom matsedeln. Jenny beställde det dyraste och Jens nöjde sig med någonting lätt från grillen. När Jenny läser en matsedel tittar hon först på priserna och sedan på listan med rätter. Inte för att välja det billigaste eller mest prisvärda. Tvär-

133

tom. Hon prickar alltid in lyxvarianten av allting. Vi åt under tystnad. Till och med Jenny var tyst. Jag funderade på hur mycket av dagens händelser jag skulle avslöja eller snarare på vilket sätt jag skulle avslöja det. Jag halade fram min anteckningsbok. Visserligen hade jag inte haft någon chans att skriva i den under dagen men det visste inte JeJe. Jag började med att placera blicken tungt och stadigt på Jens ärliga nuna.

"Tänk dig att du inte har någon hjärna."

Han skakade en lång stund på huvudet.

"Fel resonemang, Freddy. För att kunna tänka måste jag ha en hjärna. Däremot kan jag tänka mig att någon annan, till exempel du, inte har någon hjärna."

Jag har med åren blivit lika duktig på att ignorera nålsticken som han är på att producera dem.

"Där sitter jag i allsköns ro och filosoferar när Rambo och hans kumpan dyker upp och viftar med sina pistoler i mitt ansikte."

"Du var identifierad som mordmisstänkte Matti Eriksson av ett ögonvittne."

Hur tusan visste han det? Jag brydde mig inte om att fråga. Som jag nämnde är båda två mästare på att snoka i ärenden de inte har med att göra. Mina privata ärenden.

"Jag förklarade att det var ett misstag."

"Att inte John Dillinger tänkte på det när polisen grep honom."

134

Det blev tyst en stund. Jag funderade fortfarande på hur de kunde veta när Jenny avslutade sitt tuggande och satte blicken på mig.

"Jag pratade med Robertson för en stund sedan."

"Fel. *Jag* pratade med Robertson för en stund sedan."

"Du förhördes av Robertson. Men innan dess pratade jag med honom. Han gav oss hela historien. Inte bara den komiska biten."

"Vilken komisk bit?"

"Struttande språng i ösregnet. Det var det som avslöjade dig."

Struttande? Skuttande? Studsande? Avslöjade? Precis som om jag hade förvandlats till Matti Eriksson för att Algot inte kunde skilja på folk. Jag tog en klunk av mitt lättöl.

"Jag förstår att det var komiskt att höra att jag stirrade döden i vitögat."

"Du tror att poliserna tänkte skjuta dig på platsen?"

Jag svarade inte. Jens hade naturligtvis beställt en 'lille en' tillsammans med ölet. Han svepte den och smackade belåtet.

"Jag ringde Algot för att höra hans version. Vet du att han har tre jaktvapen. Bland annat en Drillingen. Vet du vad Drillingen är?"

Han visste mycket väl att jag inte hade en aning. Jag ryckte likgiltigt på axlarna medan jag väntade på föreläsningen. Jag fick lära mig att Drillingen är en kombinationsbössa med tre pipor, två för hagel och en för kulor. Eller om det var tvärtom. Jag hade svårt att koncentrera mig och ryckte på axlarna igen.

"Tack för lektionen, magistern. Och Fyrlingen? Hur är det med den? Två hagelbössor, en älgstudsare och en Kalasjnikov?"

"Det var den han höll i händerna när du bråkade med poliserna."

"Fyrlingen?"

"Drillingen."

Han gjorde en paus och slog ut med handen som om han skickade ordet vidare till Jenny. Hon fortsatte men vände sig till Jens, inte mig.

"Jag tror han hade missat. Du vet darriga händer, dåliga ögon, långt avstånd, ösregn."

"Var inte säker på det. Ibland far kulorna rätt av sig själva. Har jag berättat när jag gjorde lumpen…"

Jag hade bestämt mig för att ignorera deras trams men någonting sade mig att jag var involverad i det kryptiska resonemanget. Jag avbröt med en trött gest.

"Okej till saken. Vem hade han missat?"

"Dig."

"Menar du att han siktade på mig med den hemska bössan? Tänk om han hade tryckt av."

"Som Jenny sade - dåliga ögon, långt avstånd, darriga händer. Dessutom tryckte han av men just den pipan klickade. Innan han hann byta till nästa pipa – eller avtryckare – hade ni försvunnit ner i båten."

Jag rös.

"Skoja inte om sådana saker, Jens. Jag är allergisk mot hagelsvärmar i magen."

"Det var det inte tal om att skjuta dig i magen. Han berättade att han alltid undviker att skada vitala delar av sina bytens anatomi."

Sina bytens anatomi? Vitala delar? Alldeles nyss var jag en eftersökt mördare. Nu var jag ett byte.

"Vad siktade han på?"

"Huvudet."

Jag skalade bort de humoristiska inslagen och summerade resterna. Det var uppenbart att Algot var en större fara för mänskligheten än Matti Eriksson.

"Vet Robertson om att det sitter en galning därute och skjuter på allt som rör sig utan att veta vad han siktar på? Han kunde träffat poliserna."

"När jag påpekade det för Algot sade han att alla poliser förtjänar att pepras med hagel eftersom de klantade till ärendet med Jonnys försvinnande. Men Robertson vet ingenting om skjutförsöket."

Jag suckade och kallade på servitrisen för att betala. När hon kom med notan var det dags för nästa överraskning. Jenny ryckte till sig den och famlade efter sin plånbok. Om Jenny famlar efter en plånbok brukar det vara min. Jag stirrade tyst medan hon bläddrade upp ett antal hundralappar och räckte flickan som nästan neg när hon såg att hon fått en rejäl summa i dricks. Jenny avslutade med att stoppa tillbaka plånboken och nicka vänligt mot mig. Jag gissar att jag såg ordentligt häpen ut. Bjuden på restaurang av Jenny. För första gången. Det måste finnas en hake. Jodå. Nu log hon sitt charmiga leende.

"Jo, det glömde jag nämna. Jag smög in en faktura bland dina månadsräkningar för att se hur uppmärksam du är när du betalar på din internetbank. OCR-nummer och allt. Vi kör en kampanj på firman och dubbelcheckar alla betalningar." Nu nickade och log hon på ett annat sätt. Försmädligt. "Du borde verkligen jobba med koncentrationen, chefen. Och med dina rutiner."

Nu var jag indignerad på allvar. Jag kontrollerar alltid varenda räkning jag betalar, både privata räkningar och firmans fakturor.

"Bluffaktura. Det är kriminellt."

"Ingen bluff. En faktura för omkostnader i din löjliga deckarfirma."

"Jag har inte bett dig hjälpa till."

"Inte hjälpa till. Omkostnader."

"Vilka omkostnader?"

"Restaurangnota."

"Du har inte betalt någon restaurangnota. Någonsin. Förrän nu."

När jag uttalade de sista orden ramlade slanten ner. Hon höll upp notan hon just betalt. Jag drog en av de djupaste suckar jag någonsin dragit.

"Du menar att jag har betalt den här notan i förskott?"

Henne uppfinningsrikedom när det gäller att plocka mig på pengar är outtömlig. Men det här var över gränsen. Jag sneglade på Jens. Han är skicklig på att se oskyldig och munter ut på samma gång. Han var förstås invigd. Nu väntade de på mina kommentarer och min indignation för att få ett skratt till på min bekostnad. Den biten kunde jag i alla fall bedra dem på. Jag tog på mig min mest likgiltiga min när jag gjorde en anteckning i min lilla röda.

"Okej. Då åker vi – förlåt – då åker jag ut till Algot imorgon för att se och höra hur han mår efter att han försökte avrätta mig. Och för att berätta att hans konster gjorde mig till åtlöje på polishuset." Här gjorde jag en paus och en anteckning till. "Och för att berätta att hans vapenlicens är indragen."

Jag ringde Harrys nummer på min mobil. Han svarade genast. Tydligen låg han i hamn för det var tyst i bakgrunden. Vi avtalade en tid. Jag betonade att jag skulle komma ensam. Han skulle ändå ut till Båssö och leverera Algots varor. Vi skildes åt utanför restaurangen och mina cyklande vänner trampade bort mot Korsvägen. När jag traskade hemåt funderade jag på hur dagen kunde ha slutat om jag haft min vanliga otur och hur den till slut hade utvecklats. Jag insåg att jag hade Robertson att tacka för att jag inte satt bakom lås och bom. Det ledde tankarna in på vilket motiv han kunde ha för det generösa beteendet. Kanske det gamla fallet ändå gnagde på hans polissam-

139

vete. Han ville få det ur världen och trodde att jag skulle kunna bidra med någonting till utredningen. Och därför vill han sätta mig i tacksamhetsskuld till honom. I så fall hade han lyckats.

Gamla fallet? Mordet på Sandra Bark var inte gammalt och det var väl den utredningen han ville lägga till handlingarna i första hand. Jag började vissla när jag traskade över Avenyn vid Valand. Och restaurangnotan hade jag tänkt betala i alla fall. Jenny hade bara lurat mig att göra det på ett annat sätt.

## Jennys Kapitel

Hej, det är jag. Jenny. Ursäkta att jag avbryter men det går ju inte att låta det här fortgå opåtalat. En sådan smörja. Loggboksförfattare Freddys fruktlösa försök att få in första växeln? Om ni visste hur många stavfel och grammatikfel jag har rättat. Vet ni vad *tjuppt* är? Köpt? Tupp? Täppt? Grumliga hjärnor producerar grumliga tankar. Och stavar grumligt. Men det var inte det jag skulle tala om.

Jo, jag måste nämna disclaimern. Ni vet den där lilla notisen som alltid står på försättsbladet till en roman. Alla likheter med verkliga personer osv. Här är Freddys disclaimer. Vad tusan heter det på svenska? Jag jobbar så mycket med engelska på jobbet att jag nästan bara kan fackuttryck på det språket. Men ni förstår vad jag menar. Här är Freddys variant.

*Alla likheter med verkliga personer och händelser är tillfälligheter. Gäller även den person som nämns på sidan ... fast han är en skitstövel och dessutom skyldig mig tretusen. Han bor på Nordhemsgatan. Gå in på min hemsida om ni vill veta mer.*

Och så adressen till hemsidan. Freddy i ett nötskal. Men det var inte det jag skulle tala om hel-

141

ler. Det var det här med Katarina den Nakna. Det var inte alls så att jag dök upp helt oväntat. Katarina visste att jag kunde dyka upp. Hon hade frågat mig hur man gör för att få en man med sig i säng. Jag förklarade att ingenting är enklare. I synnerhet om mannen heter Freddy Larsson och inbillar sig att han är oemotståndlig. Så jag berättade hur det går till och om man skall tro Freddys berättelse gjorde hon som jag sagt. Jag trodde inte på allvar att någon av dem skulle komma till skott. Men så fick jag dåligt samvete för att det trots allt kunde gå illa och för att jag i så fall var ansvarig för att en medsyster utsattes för Casanova Larssons flåsiga tafsande. Så jag bestämde mig för att avvärja. För att rädda Katarina, inget annat. Som tur var kom jag i grevens tid. Han hade inte fått av sig kläderna. Freddy alltså, inte greven. Han kanske inte vet att en kvinna förväntar sig det när den heta stunden närmar sig. Fortfarande Freddy, inte greven. Om han tror att Katarina har fallit för honom kan jag upplysa att hennes affektion uteslutande beror på att han passar in i hennes koncept om zodiaken och astrologernas idé om den perfekta kärleken. Jag såg också att tönten nämnde sin succé på systemet när han frågat efter den perfekta kärleken. Freddys perfekta kärlek finns i en flaska på systemet och Katarinas perfekta kärlek finns i stjärnorna. Kanske var det dumt att stoppa dem. Det kunde blivit ett tillskott till samlingen om jag hade kikat genom dörröppningen. Stjärnornas krig i jungfru

142

Freddys och vågade Katarinas tappning. Ja, född i vågens tecken. Dessutom tror jag inte på hans prat om att han inte varit med en kvinna. Det är det äldsta knepet som finns. Stackars jag har aldrig haft en kvinna, kan inte du tänka dig att ställa upp och visa hur det går till. Jag har genomskådat den bluffen på nära håll. Det var på en fest. En kille som jag hade legat med – en riktig snygging med en självbild som hade fått Lady Gaga att be om en lektion – hade trängt in en av mina kompisar – också en snygg tjej – i ett hörn och bearbetade henne som en hund som försöker få till det med en brunstig tik. Jag hörde inte vad de pratade om men jag förstod på kroppsspråket vad hon tyckte och att hon sade honom sin uppriktiga mening. Hon var känd för det. En stund senare drack hon och jag ett glas vin och jag frågade vad de pratat om. Gissa vad. Stackaren hade aldrig haft en kvinna och han undrade om hon kunde tänka sig att hjälpa honom bli av med svendomen. Jag fyllde i med en beskrivning av honom som älskare. Den värsta jag haft. Den där sorten som efter föreställningen plågar sitt offer med flåsiga *'Vad tyckte du? Var jag bra?'* Jag känner en annan tjej som har lärt sig att ta sådana dumheter ur dem. Hon brukar bjuda på repris och efter halva akten harklar hon sig och frågar med len stämma om han har börjat. Metoden har spridit sig och räknas numera som knep nummer ett i den nobla konsten att döda ett macho ego. Så tro inte på Freddy när han påstår att han aldrig haft en

143

kvinna. Han kanske inte ser mycket ut för världen men han är den där hjälplösa nallebjörnsorten som en del kvinnor faller för. Modersinstinkt, tror jag. Ja, det var väl allt.

Stopp och belägg! Vad är det här för dravel? Har Jenny suttit och tafsat på min laptop igen. Att hon läser mina privata anteckningar är väl en sak men när hon tar sig friheten att besudla sidorna med sina dumheter går det för långt. Vad står det här? Hon visste att Katarina ville förföra mig och stoppade det för att hon ville rädda en medsyster? Tror jag inte ett ögonblick på. Hon stövlade in som en elefant som hon brukar och när hon förstod att hon avbrutit ett känsligt ögonblick fabricerar hon en krystad ursäkt. Och inte nog med det. Hon har låst sitt inlägg med ett lösenord så jag kan inte ta bort det. Inte utan att ta bort hela min loggbok. Usch, vad jag blir irriterad på sådant. Och jag hade inte skrivit tjuppt när jag menade köpt. Och oemotståndlig? Mannen som inte finns skulle inbilla sig att han är oemotståndlig? Finns ingen som är lättare att stå emot än mig. Det är jag pinsamt medveten om. Jennys påhitt och missuppfattningar alltihop. Dessutom har jag word-programmets stavkontroll på hela tiden. Jag skall lägga till i disclaimern (vad är det för ett konstigt ord) att man skall hoppa över de här sidorna.

# I skallen på en gammal sjöman

Jag hade inte trott på allvar att jag skulle slippa JeJe nästa dag. Faktiskt hade jag varit extra tydlig när jag upprepade klockslaget Harry och jag kommit överens om. Och platsen där vi skulle mötas. Han låg inte vid Långedrag som han brukade göra utan vid bryggan som löper ut från gamla varmbadhuset på Saltholmen. Längst ut på nocken där också. Närmare till Båssö påstod han. Tvivlar jag på. Under en stor del av min uppväxt kryssade pappa och jag i de trånga sunden i just den delen av skärgården och letade tilläggs- och badplatser bland de otaliga holmarna. Undervattensskären kan räknas i tusental. Jag fick stå på fördäck och spana och peka och ropa. Om vi ville spara tid höll vi oss alltid till farlederna.

Jag åkte spårvagn ut eftersom jag vet att det är svårt med parkering där ute. Om inte Jenny lagt beslag på min cykel skulle jag cyklat. Det var fint väder och det är fin cykelväg om man väljer att glida fram utefter älven från Klippan via Röda Sten, Nya Varvet och Hästevik. Jag har alltid tyckt om att cykla på smågatorna från gamla KA4 ut till Långedrags hållplats. Det finns så många fina villor och trädgårdar i de kvarteren. Fast november är kanske fel tid för prunkande trädgårdar. Det finns rakare vägar men inte lika mycket att titta på.

Men min cykel var inte tillgänglig. Varje gång jag bad att få den tillbaka kom en ny förklaring till varför det inte gick. Den senaste var att framhjulet var skevt och att det var farligt att cykla på den. Men inte för Jenny som visste hur man parerar. Hon fick det att låta som om hon skyddade sin klumpige bror från olyckor. Så snart den var reparerad skulle jag få den. Hade jag också hört förut. Jag skulle få en räkning på reparationen tillsammans med den gamla vanliga förebråelsen för att jag inte skötte om min cykel.

Harry låg vid nocken som avtalat. Motorn var igång såg jag på rökstrimman som steg upp ur det upprättstående avgasröret. Inga cyklar på däcket som jag väntat. Jag var några minuter tidig så de skulle nog komma farande som raketer när som helst. Men där hade jag fel. När jag klev ombord såg jag deras glada nunor inne i den varma styrhytten. Förklaringen till frånvaron av cyklar på däck var att de ställt dem vid varmbadhuset. Som inte är varmbadhus längre utan hemvist för ett antal firmor.

Jag brukar hävda att det krävs ett visst mått av intelligens för att inse att man är korkad. Om man vet att man är dum är man inte lika dum som de som inte vet att de är dumma. Låter det dumt? När jag frågade Jens vad han tyckte om teorin frågade han vad man har för nytta av att veta att man är korkad jämfört med att inte veta det. Han rundade av med att citera en av sina filosofer. Han har en uppsjö av aforismer och citat från alla möjliga filosofer. Den här heter Larochefoucauld och lär ha sagt att alla klagar över sitt dåliga minne men ingen över sitt dåliga förstånd. Då svarade jag att det är precis det jag menar. Om man inte klagar över sitt förstånd kan det bero på att man inte vet om man har något. Då nämnde han en annan filosof som heter Kant och sade att om jag tänkte slå mig in på den filosofiska banan borde jag ta namnet Vimmelkant.

Detta var tankar som for igenom mitt huvud när vi tuffade ut mot Båssö. Anledningen var den jag nämnde tidigare. Harry tänkte gena genom ett smalt gatt mellan två öar. Jag visste att det gattet var så fullt av undervattensstenar att det inte skulle gå att ta sig igenom med hans stora kutter. Jag sade inget eftersom jag ändå inte kunde göra mig hörd över motorslamret. Som tur var det lågt vatten när vi närmade oss så att några av de mest förrädiska klipporna syntes över vattenytan. Jag kunde följa Harrys tankegångar via hans minspel och kroppsspråk. Det senare genom en knuten näve som om han ville ge stenarna varsin smäll på käften. Så istället för att spara tio minuter förlorade han en halvtimme eftersom han var tvungen att gå runt en annan stor ö. Den enda nyttan med spektaklet var att min teori fick näring. Om Harry vetat att han är korkad hade han inte valt den vägen. Nu hör jag Jens invändning. Om Harry vetat att det gattet inte går att ta sig igenom hade han inte försökt. Har med kunskap att göra, inte intelligens. Jag får nog jobba lite med teorin.

När vi närmade oss Båssö brygga såg jag att det låg en liten båt förtöjd vid en brygga längre in i viken. Det som fångade min uppmärksamhet var att den var slarvigt förtöjd och låg och skavde mot en annan båt. Så förtöjer inte en öbo. Det var en liten plastbåt med utombordare. Jag tittade på Harry och Jens för att se om de noterat båten och om deras funderingar tog samma bana som mina. Någon var på besök. Någon som inte ville bli sedd av varken Harry eller besättningen på skärgårdsbåten. Men deras minspel avslöjade inte vad de tänkte. Det är bara jag som har en detektivs läggning och observationsförmåga.

Harry var tacksam att vi ville ta med oss varorna upp till Algot. Han hade som vanligt en annan körning. Hans arbetsområde var både södra och norra skärgården förstod jag när han nämnde sin destination. Mycket att beta av med en långsam gammal kutter. Jag uppskattade maxfarten till tolv knop och marchfarten till tio. Inget för stressade människor men bra för den sparsamma sorten.

Han skulle komma och hämta oss två timmar senare. Vi klev iland och traskade förbi klippan med vindskyddet. Jag höll tillbaka de oangenäma tankar som åsynen framkallade och funderade på om jag skulle nämna att jag hade en illavarslande känsla angående båten som låg dåligt förtöjd. Minnet av Matti Eriksson som vandrat omkring och tittat på småbåtar dansade runt i huvudet. Kanske dumt att skrämma upp dem om jag hade fel. Jag bestämde mig för en neutral anmärkning om vädret när jag avbröts av ljudet av ett skott. En dov knall men omisskännligen ljudet av ett vapen som avfyrades.

Vi stirrade skräckslagna upp mot Algots hus. Ljudet hade kommit därifrån. Jens satte av i galopp. Det var bara femtio meter till huset. Men femtio meter uppför branta klippor och smala stigar. Jag bar kartongen med sprit och konserver och kunde inte hålla jämna steg. Jenny satte också iväg, men jag ropade henne tillbaka. Konstigt nog stannade hon och väntade på mig. Jag lärde mig tre saker i lumpen, putsa skor, att ärtsoppa aldrig kan bli för tunn, och att aldrig nalkas en fara utan att sprida truppen. Det senare förstod till och med Jenny. Vi spred oss så gott det går när man bara är två.

Det var olycksbådande tyst i huset när vi kom fram till trappan. Den öppna ytterdörren rörde sig sakta och knarrande i vinden. Jag gick först med kartongen, Jenny smög sig runt hörnet och gömde sig bakom gaveln. En strategiskt riktig framryckning hann jag tänka. Då hörde jag Jens röst inifrån huset. Riktigt ilsken som han kan bli ibland.

"Var fan håller ni hus? Jag behöver hjälp!"

Jag trodde han var skadad och rusade uppför trappan, in i hallen och vidare in i köket. Synen som mötte mig fick gårdagens möte med poliserna att framstå som en bagatellartad incident. På golvet låg en jättelik manskropp på rygg. Jens knäböjde bredvid honom och höll en pappersservett hårt tryckt mot ett ställe strax över midjan på höger sida. Vid köksbordet satt en likblek Algot med en trepipig bössa i handen. Drillingen, hann jag tänka. Jens pekade på ett väggskåp med ett rött kors.

"Ge mig allt som finns i skåpet, kompresser, plåster, bandage."

Innan jag hunnit ställa ifrån mig kartongen hörde jag steg bakom mig och förstod att Jenny också befann sig i köket. Hon rusade fram till skåpet och plockade ut allt som fanns där. Jens rev upp den store mannens skjorta och torkade med sårtvättdukar Jenny gav honom. Jag visste att han kunde sådant här. Han var till och med den som höll i första-hjälpen-kurserna på skolan där han undervisade. Jenny arbetade också flinkt. Jag ställde kartongen på en stol och gick fram till Algot och tog ifrån honom geväret. Han märkte inte att det gled ur hans händer. Där rök resten av dina vapenlicenser, tänkte jag medan jag undersökte vapnet.

Jag är inte så rudis på vapen som Jens och Robertson tror. En bestämd handrörelse slog ner pipan för att kolla om det var laddat. Alla piporna var tomma, men en måste ha varit laddad för en stund sedan när vi hörde skottet. Jag såg på Algot att han inte var tilltalbar så jag lade bössan på spisen medan jag tog fram mobilen och letade upp Robertsons nummer som jag hade inprogrammerat. Det nummer Bronsberg skrivit på en papperslapp. Han svarade omedelbart.

Det kändes en smula triumferande att kunna meddela att vi hade Matti Eriksson i säkert förvar men att han var i behov av akut vård. Det blev en paus medan Robertson ringde på andra telefoner och ropade i sin interntelefon. Det gavs en förfärlig massa order på en kort stund. Just när jag berättade att Matti låg livlös på golvet slog han upp ögonen och tittade på mig. Inte en hjälplös vädjande blick som man kunde väntat sig med tanke på hans tillstånd utan en blick så full av hat att jag svalde tungt. Jag berättade även detta för Robertson. Han sade att en polisbåt skulle vara på väg inom några minuter. Den låg vid Lilla Bommen och han tänkte själv åka med. Det fanns viss sjukvårdutrustning ombord men han skulle ändå skicka en ambulanshelikopter med sjukvårdare.

Jag var alldeles svett när jag stoppade tillbaka mobilen. Att så mycket kunde hända på så kort tid. Gårdagens turbulens med pistolviftande poliser och skjutgalna gamlingar och pinsamma polisförhör framstod än en gång som ett stillsamt intermezzo.

Jenny sprang fram och tillbaka mellan den skadade och diskhon och sköljde trasor i varmvatten. Jens baddade så fort han kunde. Blodflödet var inte så omfattande att det rann ner på golvet men skjortan var ordentligt nersölad. Omplåstringen sköttes så bra det gick under rådande omständligheter. Jag tackade min skapare att de två hade följt med. Mina kunskaper i första hjälpen börjar och slutar med att trycka fast ett plåster över ett sår.

Först när Jens klistrade dit ett par tjocka kompresser med långa remsor såg han att patienten hade öppnat ögonen. Nu stirrade han lika hatfullt på Jens som han hade stirrat på mig. Hans röst var mörk med en nordlig sjungande ton.

"Vem fan är du, din jävel?"

Jens tittade tillbaka med ett förakt bara han är mäktig.

"Jag är en jävel som just har räddat livet på dig, Matti."

Jens danska språkmelodi inspirerade till fler uppmuntrande invektiv.

"Hur fan vet du vad jag heter, danskjävel."

"Genom polisen, finnjävel. Dom är på väg för att hämta dig."

"Vad fan skall dom hämta mig för? Jag har inte gjort något." Han försökte nicka mot Algot men rörelsen framkallade smärta och övergick i en grimas. "Det är bättre dom hämtar gubbjäveln. Han försökte mörda mig."

Jag tyckte språket började låta torftigt och föll in med en fråga.

"Vad gör du här, Matti?"

Nu kom en likadan tirad som han serverat Jens. Jag fick höra att jag var svenskjävel. Det fick mig att fundera. Han borde vara svensk själv och då blir det löjligt att kalla någon annan svenskjävel. Det tog några sekunder innan slanten ramlade ner. Jens hade kallat honom finnjävel men det trodde jag han gjort för att bemöta 'danskjävel'. Matti var naturligtvis finne. Uppe i norra Finland och i norra Sverige, åtminstone i Tornedalen pratar de på det sättet. En av mina kunder var därifrån och hade berättat att på svenska sidan om Torne Älv pratar man finska och på finska sidan är det svenska som gäller. Det var därför polisen inte hade hittat honom i folkbokföringsregistret. Han var inte svensk. Hans svar på min fråga var inte vänligare.

"Det skall du skita i."

Jag behöll mitt lugn och för att lugna ner patienten grabbade jag tag i bössan och slog piporna ner och upp några gånger. Jag upprepade min fråga i samma lugna ton.

"Vad gör du här, Matti?"

Övningen med piporna hade avsedd effekt. Han kanske trodde att jag var lika vildsint som Algot och fullt kapabel att bränna av en salva. Hans röst sjönk till ett muttrande.

"Jag fick fel på min båt och behövde låna en telefon."

Plötsligt skyndade Jenny fram till en byrå strax bakom den skadades huvud och böjde sig ner och sträckte en hand in under möbeln. Triumferande drog hon fram en automatpistol som hon höll upp i luften. Jens reste sig och tog den ifrån henne. En snabb undersökning gav vid handen att den var laddad med nio skarpa skott. Tillräckligt för att mörda oss allihop, hann jag tänka. Jens röst fick också en hotfull biton.

"Varför kommer du in här med en laddad pistol om du bara vill låna en telefon?"

"Jag har aldrig sett den. Det var tjejfan som placerade den där."

"Varför skulle hon göra det?"

"För att hon är som alla andra fruntimmersjävlar. Ondskefulla jävlar."

Jag tror inte att Mattis eftermäle kommer att omfatta positiv syn på medmänniskorna. Jag kastade en blick på Jenny. Hon såg mer road än skrämd ut. Hon öppnade kartongen jag burit och drog fram en flaska vodka, hämtade ett glas ur ett skåp och slog upp en rejäl skvätt som hon räckte Algot. Den gamle mannen tycktes vakna ur sin dvala. Han drack upp hela mängden, säkert åtta centiliter, i ett svep. Det visade sig vara rätt medicin. Han skakade ett finger mot mannen på golvet.

"Du hade tur den här gången. Jag är på gott humör idag. Nästa gång blir det huvudet. Fast kulorna studsar nog bara mot den betongskallen."

Jag tittade ut genom fönstret ner mot vattnet som skiftade i blygrått. Skären som stack upp här och där såg lika dystra ut. En lite större holme dolde farleden som ledde till nästa bebodda ö.

Plötsligt dök en polisbåt upp bakom en udde och kom rusande över fjärden i den högsta fart jag sett någonting förflytta sig på sjön. Giren in mot bryggan fick mig att kippa efter andan. En polis hoppade iland innan båten lagt till och rusade upp mot huset. Det var bara sjuttiofem meter och han sprang verkligen fort. Jag funderade på tidsperspektivet. Om det tog tjugo minuter med Harrys båt från Långedrag kunde det inte tagit mer än fem med den här. Jag undrade hur länge vi hade varit här. Tiden hade på något sätt försvunnit ur mitt medvetande.

Vid senare rekonstruktion skulle jag komma fram till att Jens hade pysslat med den sårade i minst tjugo minuter. Och ytterligare tio femton minuter hade gått sedan förbandet var färdigt. Med det i minnet var det inte förvånande att Robertson hunnit till Lilla Bommen med blåljus och sirener och kastat sig ombord. Fem minuter senare borde de ha varit vid hamninloppet med båten. Tio, femton minuter senare hade jag sett dem komma fräsande. Allt det räknade jag ut när jag fått perspektiv på händelseförloppet. Just nu var min hjärna paralyserad som den brukar vara när det blir skarpt läge. Men jag accepterade och konstaterade faktum. Om en stund skulle även den här dramatiken vara över och Matti borttransporterad.

Den polis som sprungit i förväg kom rusande in genom hallen och in i köket med draget vapen. Han höll på att snubbla över Mattis utsträckta

155

ben. Matti såg inte lika stursk ut som för en stund sedan. Framförallt lät han spakare. Jag hade väntat mig *polisjävel* men det kom ingenting sådant.

Jens räckte honom pistolen, förklarade att den var skarpladdad och vem ägaren till vapnet var. Polismannen stoppade tillbaka sin egen pistol och tittade granskande på den andra pistolen som såg likadan ut som hans tjänstevapen. Han klickade ut magasinet för kontroll och sköt in det igen med en min som blev alltmer fundersam.

En stund senare anlände Robertson med två uniformerade polismän. En av dem bar på en hoprullad bår. Båda var saftiga bitar men när de mätte mannen på golvet med blickarna kunde man se grimaser som förbannade alla män som var större än de själva. Men den sårade mannen överraskade alla genom att häva sig upp på armbågen och därefter med hjälp av en av polismännen upp på en stol. Jens såg imponerad ut. Jag tydde hans minspel till *'det var en seg fan'*. Senare skulle vi lära oss att hagelsvärmen nästan missat honom helt. Matti tittade på Algots tomma glas som stod på bordet. Jag skyndade mig att fylla det till hälften med vodka och räckte det till honom. Han svepte det precis som Algot utan att blinka. Hans röst hade återfått den sjungande spänsten när han nickade mot polismännen med båren.

"Jag kan gå själv."

Han reste sig med svårighet men när han gått några steg rätade han upp sig och slog undan armen som en av polismännen räckte honom. Innan han gick hejdade Robertson honom och bad att få hans plånbok. Han lämnade motvilligt ifrån sig den och muttrade något om kvitto. Robertson förklarade att han skulle få det när de pratades vid på polishuset. Därefter ringde han och avbeställde ambulanshelikoptern.

Polisen som kommit rusande först följde med de andra ner till båten. Innan han lämnade köket räckte han Mattis vapen till Robertson som tittade undersökande på det en lång stund.

"Har jag berättat att Sandra Bark mördades med en trettioåtta. En sådan här. Skjuten från tio centimeters håll rakt mellan ögonen efter våldtäkten. Så isande brutalt det bara går."

Vi kände oss äcklade när vi svarade att han inte sagt något om det. Han bytte både betraktningsobjekt och ämne. Ögonen placerades på Jens.

"Tack för hjälpen. Med förbandet."

Jens ryckte på axlarna och förklarade att han hade grundläggande kunskaper. Därefter tittade han på pistolen.

"Du kommer att hitta mina och Jennys DNA på den pistolen. Matti kommer att påstå att det var vi som planterade den för att sätta dit honom."

Algot lade sig i med kraxande stämma.

"Han hade den i handen när han störtade in genom dörren." Han nickade mot Drillingen som jag hade lagt tillbaka på spisen. "Men jag hade den." Ett grymt leende drog i hans läppar tills han såg att gesten inte uppskattades. "Jag höll på att smörja den när jag hörde steg utanför dörren. Så jag satte i en patron."

Bra, tänkte jag. Håll fast vid den historien. Min teori var att han sett Matti anlända med sin båt och bege sig upp mot huset. Och redan då laddat geväret. Rubriceringen i så fall ändrad från självförsvar till något annat. Robertson såg också ut som om han gjorde sig en egen bild av händelseförloppet.

"Det spelar ingen roll vilka DNA vi hittar på pistolen. Det är vad vi hittar på patronerna som är avgörande. En mördare kan lura andra att sätta sina avtryck på kolven och pipan men patronerna sätter bara den in som tänker använda vapnet."

Han gjorde en paus och tittade sig omkring. Inte en tiominuterspaus som han hade praktiserat på mig utan en normal frågande paus. Hans blick fastnade på Algot.

"Dina vapenlicenser är indragna. Dina vapen kommer att beslagtas. Här och nu."

Det beska beskedet mottogs utan protester eller dramatik. Algot hade förstått vad som väntade när han satte hagelsvärmen i Matti. Dessutom var det många år sedan han varit aktiv jägare.

"Jag hade inget val. Det var han eller jag. Ingen kan klandra en gammal gubbe för att han försvarar sitt liv mot en instormande galning.

Robertson nickade förstående. Men regelboken nickade inte.

"Du har avfyrat ett vapen mot en människa. Motiv och tillfälle spelar ingen roll. Lagen säger utredning. Du kommer att kallas till förhör men du får stanna här till dess. Har du någon som ser efter dig?"

"Jag behöver ingen som ser efter mig."

Jag avbröt och förklarade att Katarina brukade titta till sin far. Om vi ber henne kommer hon säkert ut och stannar några dagar. Robertson nickade på ett både tacksamt och uppmanande sätt. Jag tog fram mobilen, tryckte fram Katarinas nummer och försökte dölja för JeJe att det var inprogrammerat men anade att det inte lyckades. Hon svarade på sitt försiktiga sätt och jag skyndade mig att summera händelserna. Hon lät både lättad och skakad. Hon lovade att åka ut med den sena skärgårdsbåten och skulle vara hos Algot vid sextiden.

Robertson tog hand om Drillingen och nickade bistert mot Algot. Den gamle mannen gjorde en grimas men han förstod polismannens gest. Han försvann och kom tillbaka efter en stund med två gevär till. En älgstudsare och en Winchester, förklarade Jens medan vi betraktade den plötsligt överlastade Robertson. Han såg ut som om han var på väg ut i krig. Vi tog ett dämpat farväl och tittade på klockorna när han försvunnit. Våra nerver talade om att de behövde lugnas och vi tackade ja till varsin vodka. Även Jenny som aldrig dricker ren sprit utan is smakade försiktigt på drycken.

En eftertänksam tystnad skapade en behaglig kontrast till den uppjagade stämningen från en stund tidigare. När vi tömt våra glas kände vi oss lite villrådiga. Skulle vi lämna Algot utan tillsyn eller skulle en av oss stanna kvar tills Katarina anlände. Algot löste problemet genom att helt sonika be oss lämna honom ifred. Han behövde sova. När vi tackade för vodkan sträckte han ut sig på soffan och drog en pläd över sig. Det såg obekvämt ut men innan vi hunnit ut ur köket hördes den första snarkningen.

Polisbåten försvann utom synhåll bakom en av många uddar när vi kom ner till bryggan. Det skulle dröja en kvart innan Harry dök upp med sin skramlande skorv. Vi gick upp till vindskyddet och satte oss på den hårda bänken. Minnet av gårdagens händelser på just den här platsen störde min sinnesfrid en stund men de överskuggades strax av tanken på dagens kalabalik. Jag försökte skaka av mig obehaget som när man försöker få upp värmen en råkall dag. Och det var just en sådan dag. Den råa havsluften kändes ända in i märgen men det var vindstilla vilket är ovanligt på västkusten i november. Jag lät blicken vila på havsytan som hävde sig långsamt som en sovandes bröstkorg. Vattnet såg tjockt ut som om det var blandat med flytande metall. Några tångruskor följde med i de lugna rörelserna. Det kluckande ljudet från en eka som guppade vid en brygga förstärkte stillheten. En sövande atmosfär sänkte sig över tilläggsplatsen och hade det funnits någonstans att sträcka ut sig hade jag nog gjort det. Som tur var hade ingen av de polismän som haffat mig i gårdagens regn varit med idag.

Jag flyttade blicken till den närmaste omgivningen på land. Katarina hade berättat vid vårt första besök att just de här klipporna fungerade som öns badplats på sommaren. Det fanns en liten bit sandstrand för barnen. Den syntes inte från vindskyddet men jag hade sett den från skärgårdsbåten. Den var inte mer än sju, åtta meter där den var som bredast men det var stort nog för de få barn som brukade plaska i vattenbrynet. De vuxna badade från klipporna där man hade murat trappor som försvann ner i vattnet. Järnlejdare följde trapporna ner i vattnet. Någon badbrygga fanns inte. På det hela taget såg det trevligt ut. Kanske kunde tjugo vuxna och ett tiotal barn vistas samtidigt på ytorna. Några skrevor hade fyllts med cement för att de mindre barnen inte skulle falla ner och skada sig. Eftersom det inte fanns mycket annat att titta på fastnade våra blickar på de ytorna. Ett stilla regn började falla. Det passade vår sinnesstämning bra och vi förblev tysta och stirrande. När cementytorna blev fuktiga efter en stund slog det mig att en av dem inte var riktigt lik de andra. Den var betydligt ljusare. Just när jag skulle påpeka det öppnade Jenny munnen. Den hade nog aldrig varit stängd så länge. Hon pekade åt det håll vi redan tittade.

"Ser ni att den ytan är annorlunda än de andra. Gulaktigare."

Jens nickade instämmande när han betraktat cementen en stund.

"Cement färgas av sanden den blandas med. Sand har fler nyanser än man tror. Och ju mer cement desto gråare yta. Och hårdare."

Magistern kan aldrig avhålla sig från en lektion i vilket ämne som helst. Det räcker inte med matematik och fysik som han har betalt för att undervisa i. Han ger sig på vad som helst. Den här gången med viss rätt. Han hade visat att han hade praktisk erfarenhet av cementblandning. Han strök sig över sin orakade kind när han fortsatte.

"Jag skulle gissa att den här blandningen är ganska tunn. Åtta delar sand eller mer. Ser porös ut. En hård blandning innehåller en del portlandcement och tre delar fin sand. Den här sanden ser grov ut som om den kommer från ett grustag i inlandet. Kanske är just den ytan gjord vid ett senare tillfälle. Å andra sidan är ju gjutformen gedigen."

Gjutformen? Jag skulle just be honom förklara när jag förstod att det var klipporna som omgav cementen som utgjorde gjutformen. Han påpekade att det troligen inte fanns någon armering på grund av det. Vart skulle cementen ta vägen om det blev några sprickor. Jag hade bara sett att ytan såg annorlunda ut och drog inga slutsatser av det. Katarina hade berättat att alla ytorna funnits där sedan hon var barn. Eller plattorna som hon kallade dem. Algot hade tagit initiativet till åtgärden. Mest för att skydda sina egna barn, gissade jag.

Men när vi började fundera på om det fanns några slutsatser som kunde knytas till fallet dök skramlande Harry upp. Han kom från ett annat håll än han brukade och var redan nära bryggan när vi först såg honom. När han dunsat stäven emot ytterplankan klev vi genast ombord och in i styrhytten. Jag hade fått ett kuvert med pengar av Algot som han skulle ha. Jag drog fram det ur innerfickan och räckte över det med hälsning från Algot. Han stoppade det i en ficka utan ett ord. Vi glömde cementytor när vi kom in i värmen. Trots en tjock täckjacka hade jag frusit ordentligt. Kanske hade kroppen reagerat i samband med händelserna i huset men nu hade adrenalinpumpen stängts av och blodet pulserade i normalt tempo igen. Jag såg att Jens och Jenny såg lika frusna ut som jag.

Jens invigde Harry i dramat som utspelats i Algots hus. Hans röst var mest lämpad för uppdraget. Han utelämnade ingenting och Harry nöjde sig med att nicka bekräftande. Han såg lika skakad ut som vi hade gjort under själva händelsen. Alla var nöjda med att Jonnys och Sandras baneman satt bakom lås och bom. Jag var extra nöjd när jag tänkte på att ännu ett svårt fall hade baxats till sitt lyckliga slut av Freddys Agentur. Nu gällde det bara att få Matti att berätta var han stuvat undan Jonnys kropp. En annan avdelning i mitt huvud började arbeta med fakturan jag skulle presentera för Katarina. Kunde jag skicka en faktura till en kvinna som jag nästan haft ihop det med? Tänk om hon hade tänkt sig en upprepning eller fortsättning och ändrade sig när hon fick en faktura av sin tilltänkte älskare. Nåja, belöningen på tiotusen skulle jag i alla fall inkassera. Eller skulle jag det? Uppdraget var att hitta Jonny och det hade vi inte gjort. Jag bestämde mig för att vänta ett tag med det kravet också. Jag försökte inte ens gissa vad som rörde sig i huvudet på Katarina. Jag gjorde en grimas när jag kom att tänka på att mina oombedda medhjälpare skulle pocka på var sin andel. I ett tidigare fall hade klienten ärvt miljonbelopp och generöst delat med sig till min firma. Och jag hade lika generöst men omedvetet delat med mig till JeJe. Ja, inte omedvetet men jag hade i hastigheten räknat fel på tiotusen. Som de glatt grinande hade stoppat i sina fickor. Den här gången skulle jag vara mer alert när jag kalkylerade. Om det kom in några pengar på kontot.

Men fallet befann sig bara i inledningsskedet skulle jag få lära mig vid nästa samtal med Robertson. Åtminstone den del av fallet som sköttes av Freddys Agentur.

# Tätare dimmor

I sällskap konsumerar man tankar, andras och egna. I ensamheten producerar man nya. När jag presenterade den funderingen för Jens sade han att om det är sant borde jag aldrig lämnas ensam. Jag låtsades att jag inte hörde och knackade förstrött med en penna på olika föremål på skrivbordet. Ett tecken på att Freddys hjärna arbetar, insinuerade han högt och log mot Jenny som stod bredvid honom. Det enda tecknet, sade hon utan att le. Jag hade hört det förut men hann inte stänga av öronen innan de rundade av med en gemensam förhoppning att det inte var nya groteska funderingar som var under konstruktion.

De två marodörerna hade stövlat in på kontoret för att hjälpa till att summera fallet och kräva sin andel av intäkterna. Vilka intäkter? För att det skall bli intäkter måste man prestera resultat och framför allt presentera en räkning för uppdragsgivaren. Jennys lista var omfattande och innehöll allt ifrån ospecificerade båtresor till ospecificerade cykelturer och ospecificerade telefonsamtal men med specificerade arbetstimmar. Plus riskpengar för att hon avväpnat en brutal mördare. När jag påminde henne om att mördaren legat

165

avsvimmad på golvet och att hon bara plockat upp hans pistol svarade hon att den pistolen var det enda återstående hotet och att hon hade avvärjt det tack vare snabb uppfattningsförmåga och snabb aktion. Dessutom var Matti vaken och fullt kapabel att greppa en pistol och fyra av den. Därefter började hon räkna upp alla hon tagit kontakt med och lurat till sig information av. Hon avslutade med att nämna Robertson. Jag skulle just protestera när det ringde på dörren. Jens skyndade sig ut i hallen. Folk som inte är bekanta med det rätta förhållandet tror nog att det är han som är hjärnan i *Freddys Agentur* som det står på den stolta mässingsskylten på dörren. Han tror det nog själv om jag känner honom rätt.

En stund senare stod just den man vi pratat om inne på deckarkontoret. Jag började tro på talesättet 'tala om trollen'. Åtminstone när det gäller Robertson. För en gångs skull stod inga flaskor och glas utspridda över rummet när han anlände. Han sken upp när han fick syn på Jenny som svarade med sitt bedövande leende. Det var hon som inledde pratstunden.

"Hur går förhöret med Matti, den väldige?"

Han ändrade uttryck till ledsen hund.

"Vi har stött på problem."

"Vilka problem?"

Jag trodde att den store finnen återtagit sin sturska attityd och vägrade samarbeta. Jag erbjöd Robertson att sitta i besöksstolen men han föredrog att stå. Jag gjorde en frågande gest.

"Men ni har metoder att få folk att prata? Har han erkänt att han hälsade på Sandra?"

"Behövs inte. Vi har DNA och spermaprov som binder honom vid det brottet. Och ballistisk bevisföring. Det var hans pistol som användes vid mordet."

"Men han vägrar säga vad han gjorde med Jonny?"

Robertson lät sin blick vandra mellan våra frågande ansikten. Den fastnade som väntat på Jenny. Hon hade delat sin lugg och såg oemotståndligt flickaktig ut.

"Han gjorde ingenting med Jonny."

Jens avbröt när pausen blev lång.

"Det är klart han nekar. Det är hans enda chans."

"Han behöver inte neka. Han var inte i närheten av Båssö den kvällen för tjugofem år sedan. Han befann sig hemma i Finland den dagen. En god vän gifte sig. Kyrkbröllop. Över hundra människor kan intyga att han var där."

Våra uttryck växlade från förbluffade till total häpenhet. Robertson gjorde sin notoriska paus igen.

"Det är inte Matti Eriksson vi fått tag i. Det är hans yngre bror Willy."

Nu förstod jag inte. Varför skulle brodern till en misstänkt gärningsman mörda ett vittne till en händelse som skett för så många år sedan? Robertson svarade på frågan utan att jag behövde ställa den.

"Familjen var övertygad om att Matti skulle återvända till sin gamla hemby när preskriptionstiden på tjugofem år löpt ut. I triumf. Och för att bekräfta tesen familjen tydligen odlar. Smarta finnar och dumma svenskar. Det berättade Willy på sitt blygsamma sätt och log i triumf han också tills jag berättade att lagen ändrats och att preskriptionstiden för mord tagits bort. Han berättade också att Toivo som ägde byggfirman Matti jobbade för hade kommit över en kopia av polisrapporten. Därför hade familjen namnen på alla inblandade."

Jag funderade en stund på Willys sturska attityd. Nu skulle familjen få vänta ett kvartssekel till på en annan bror. Hur smart var det? Samtidigt började jag fundera på vår och Katarinas situation. I ett slag hade Robertsons besked förpassat oss tillbaka till ruta noll. Vi hade ingen aning om var Jonny eller Matti Eriksson befann sig. Jag gjorde min slappa gest igen.

"Jag gissar att Willy vägrar berätta var Matti befinner sig."

"Han vet inte. Familjen har inte haft kontakt med honom sedan kvällen han försvann. Toivo som ägde byggfirman var farbror till Willy och Matti. Han berättade för familjen att han inte heller fått några livstecken från Matti efter den ödesdigra kvällen."

"Men dom är övertygade om att han är vid liv. Vad grundar dom det på?"

"Precis det jag sade. Finsk smarthet."

168

Jag ryckte på axlarna och såg att Jens gjorde likadant. Det fanns ingen anledning att betvivla uppgiften att Matti inte hört av sig till familjen. Jag var knappt medveten om att jag ställde nästa fråga.

"När skulle preskriptionstiden gått ut om den gamla lagen gällt?"

"En vecka från idag."

Jens gjorde en lika uppgiven rörelse med handen som jag gjort nyss. Jag gissade att luften gått ur honom också. Den annars så pigga rösten lät trött och håglös.

"Ponera att Matti lever och att han inte vet att lagen ändrats. Om han är lika stöddig som sin bror är det inte otänkbart att han tänkt sig ett sådant scenario som du just beskrev. Han kryper fram ur sitt gömställe om en vecka för att räcka lång näsa åt polisen."

Robertson skakade på huvudet och ryckte på axlarna samtidigt. Det såg ut som om han inte hade kontroll över rörelserna.

"Varför har han inte tagit kontakt med familjen och meddelat sina planer?"

"Det har han kanske gjort. Skulle de meddela polisen i så fall?"

"Vänd på det, Jensen. Skulle de skicka en bror för att städa upp efter honom om de visste att han har sådana planer?"

Jag såg på Jens att Robertsons logik bet. Familjen visste lika lite som vi, men de var övertygade om att Matti var vid liv. Robertson började traska fram och tillbaka precis som Jens brukar göra när han behövde tänka.

"Jag har kallat Algot till förhör på polishuset i morgon. Katarina följer med. De befinner sig i hennes lägenhet just nu. Jag skall ställa några frågor angående skottdramat och hans vapeninnehav. Men vi kommer inte att rikta någon formell anklagelse mot honom." Han gjorde en uppgiven eller ursäktande paus. "När det förhöret är avklarat är fallet Jonny avslutat för vår del. Vi har vår mördare och våldtäktsman. Jonny och Matti är avförda från vår utredning. Finns inga misstankar om brott mot någon av dem." Han gjorde sig beredd att gå men hejdade sig på tröskeln. "En sak till. Vi var ute idag på förmiddagen och gjorde en snabb undersökning av Algots kök. Hela hagelsvärmen utom en kula hamnade i det stora skåpet som står bredvid skåpet med sjukvårdsmaterial. Svårt att se kulhålen i det mörka träet. En enda kula träffade Willy. Och det var i köttiga delen under revbenen. Inga vitala organ träffades. Han hade en osannolik tur."

När Robertson gått sade Jens att han behövde en whisky. Vi kom överens om att vi alla gjort oss förtjänta av en whisky för att lugna nerverna. Medan jag hämtade isbitar plockade Jenny fram en flaska ur mitt barskåp. Inte den öppnade flaska Grant's som jag tog för givet att hon skulle välja utan en Chivas Regal som jag sparat flera år för att plocka fram vid högtidligt tillfälle. Jag såg på Jens grin att han kunnat stoppa aktionen om han

ansträngt sig det minsta. För en gångs skull an-
klagade jag inte Jenny. Hon har ingen aning om
att det är skillnad på whisky och whisky. Flaskan
var redan öppnad och skadan skedd så mitt enda
bidrag blev en djup suck. Jens pekpinnelektion att
whiskyn inte blir sämre för att man öppnar kor-
ken och sätter dit den igen tröstade mig inte. Jag
förklarade att det handlar om psykologi. En öpp-
nad flaska är förbrukad. Om man skall imponera
på en affärsbekant eller en whiskykännare är det
viktigt att de ser att man tar fram en oöppnad
flaska dyr whisky. En öppnad kan man hälla nå-
got billigt i och försöka lura sina gäster. När jag
förklarade det för Jens sade han att så tänker den
torftige anden, en som bjuder på billig eau-de-vie
ur Black Renault flaskor. Jag brukar inte kom-
mentera hans lågheter men påpekade att den be-
dragne i det här fallet var jag. Det bekymrade inte
Jens som glatt hällde upp rejäla danska skvättar.
Till hans försvar måste jag säga att han valt rätt
glas. Mina rundade, slipade kristallglas som jag
fått av en av mina kunder var de enda som kunde
göra drycken rättvisa.

När vi smuttade på de dyra dropparna försökte
jag få igång en diskussion om fallet. Sammanfatta
våra hittillsvarande ansträngningar och tänka ut
en strategi för att komma vidare. Och vinka adjö
till belöningen på tiotusen. Belöningen gällde
upplysningar som ledde till klarhet i fallet med
Jonnys försvinnande. Vi visste lika litet nu som vi
gjort när vi först träffat Katarina på kaféet. Och vi

171

visste lika lite var Matti befann sig. Jag kom att tänka på mannen jag stött på två gånger och som var lik Jonny när han log sitt sneda leende på fotot. När jag berättade det log Jens snett och överseende innan han började tala om alla som gjorde karriär för att de liknar Elvis Presley när han log sitt sneda leende. När han nämnde Elvis vaknade Jenny till liv. Hon älskar Elvis fast hon är alldeles för ung för att ha upplevt hysterin och magin kring honom. Hon vet att jag har hans bästa låtar på datorn så hon satte sig vid laptoppen och klickade fram den musiken. Så i stället för en seriös genomgång av fallet satt vi och lyssnade på gamla Elvislåtar och drack min dyra whisky. När jag talar om sneda leenden menar jag inåtvända, svårtydda leenden. Lite åt Mona-Lisas håll. Elvis krökte bara på överläppen. Inte svårt att tyda. Men det var inte den diskussionen jag ville ha just nu. Jag försökte klämma in en fundering kring hur farlig Matti kunde vara och om han också fått idén att snoka reda på vittnen från danskvällen men teorin försvann i *The Ghetto*. En stund senare försökte jag föreslå att vi följde polisens exempel och lade ner fallet men det förslaget saboterades av *King Creole*. Jag suckade och började fundera på en sak som inspirerat mig när jag tog mig an det här fallet. Att den här typen av uppdrag skulle bli min specialitet. Gamla nedlagda, ofarliga fall där uppdragsgivaren var missnöjd med en polisutredning eller ansåg att det fanns problem kvar att lösa. Ofarliga? Hittills hade jag blivit utsatt för ett mordförsök och bevittnat ett annat. Jag hade med nöd och näppe klarat mig från åtal för olaga vapeninnehav och hållit ett nyligen avfyrat mordvapen i mina händer medan jag betraktade vad jag trodde var en döende man. Jag ryckte på axlarna och mumlade 'glöm vad jag sade' övertygad om att ingen skulle höra det. I synnerhet som jag bara ville glömma vad jag hade tänkt. Men just i det ögonblicket tog *'Heartbreak Hotel'* slut och det blev dödstyst. Jens tittade på mig med sorgsen blick samtidigt som han höjde glaset och skålade med Jenny.

"Vi brukar göra vårt bästa för att glömma vad du säger, Freddy. Det lyckas inte alltid. Men den här gången går det nog bra eftersom du inte sade någonting." Han gjorde en paus och låtsades fundera. "En variant som är svårare att skaka av sig är när du trodde att lutande tornet i Pisa var någonting man kunde äta."

Jag vet att mina små felsägningar fastnar som kardborrar i huvudet på honom. Ändå ploppar de ur mig som bollarna ur baken på en häst. Jag vet mycket väl vad lutande tornet i Pisa är men vi hade suttit på en pizzeria och läst matsedeln och när jag skulle bestämma mig började Jens prata om lutande tornet i Pisa. Det fanns en bild på matsedeln. Jag hade inte sett den och trodde att han läste upp namnen på pizzorna och sade att jag tar en sådan med extra räkor och Gorgonzola. Sådant räcker för att sätta igång den humoristiska cellen i hans hjärna. För övrigt skulle en pizza mycket väl kunna heta lutande tornet i Pisa. Jag åt en gång en pizza som hette Konserthuset. Fast på italienska. Casa Conserto. Alla pizzorna hade namn efter byggnader och statyer i centrala Göteborg. I medioker italiensk översättning för ägaren var inte italienare. Turk, tror jag. En hette Stadsteatern och den verkliga aptitretaren hade man döpt till Stadsbiblioteket. *Biblioteca Municipale.* Så kan det gå när man släpper lös fantasin. För övrigt tycker jag det är fascinerande att pizzor kan ha så många olika namn när de innehåller samma saker och smakar ungefär likadant. Skinka, tomat, räkor, paprika, champinjoner, riven ost. Jag skulle laga en pizza själv en gång och letade efter recept i en kokbok som jag köpt på loppis för två kronor. Jag hittade det under *Varm Italiensk Smörgås* med tillägget 'även kallad pizza'. Jag får medge att kokboken hade några år på nacken. Receptet på Coque-au–vin började med uppmaningen att gå ut på stallbacken och välja ut en ungtupp på två kilo. På tal om år på nacken så hörde jag en gång en halvfull svensk prata med en engelsman på en pub i London. När han tillfrågades om sin ålder svarade han "I have fifty years on the neck." Engelsmannen tittade frågande på hans nacke. En annan gång hörde jag en svensk lugna en engelsman med orden "it's no danger on the roof." Den här gången tittade den tilltalade upp mot närmaste tak. Det är inte alltid lätt med språk.

När jag ändå är inne på det ämnet kan jag nämna att jag under några år hade ungdomar som någon slags lärlingar eller för att introducera dem på arbetsmarknaden. Ja, i min lilla importfirma. Det var mest en gest för att understryka att även jag har ett socialt samvete. Så jag kunde följa språkets utveckling på nära håll. Den förste brukade säga "Freddy, du är finesslös." Något år senare hade jag en som sade "Freddy, du är kokt i huvudet." Ytterligare några år senare hade jag en lång rödhårig drufs som påstod att jag var lika bombad som Bagdad. När jag berättade om deras språkbruk för magister Jens tittade han frågande på mig med en blick som sade 'än sedan'. Och lade till att så har han det varje dag. Fast mycket värre. Och om han svarar på samma sätt blir han anmäld för JO och KO och DO och LO och alla andra jävla O och blir av med jobbet. Det fick mig att se på läraryrket med andra ögon. Och tacka min skapare för att jag inte valde den banan. Men alla kan inte vara som den trion jag råkade ut för. I dagliga livet träffar jag ständigt trevliga ungdomar.

Isen hade tagit slut och Jenny gick för att hämta mer. Själv tar jag inte is i förstklassig whisky som den här. Annars tar jag en isbit per centiliter. Förstör whiskyn får jag höra då. När de hade lagt de nya isbitarna i glasen och fyllt på med ny whisky och smakat på vätskan började de fräsa och spotta. Jenny gav mig en av sina giftiga blickar.

"Whiskyn smakar fisk!"

Jens tittade efter någonting att spotta i. De brukar för all del använda mig som spottkopp men bara i bildlig mening. Så han sprang ut i köket tätt följd av Jenny. De hade med sig glasen för att hälla ut innehållet. Jag tog det lugnt. Min whisky smakade inte fisk. De dröjde länge så jag gissade att de var i badrummet och sköljde sig med munvatten också. Jag tog en isbit och luktade på den. Jo, den luktade fisk. Jag funderade på hur det gått till.

När de två kom tillbaka gick det upp en talgdank. Det hade stått en tillbringare med fiskspad på diskbänken när jag hade skulle göra ny is. Tydligen hade jag tagit fel på den och den andra tillbringaren med rent vatten. Jag förklarade hur det gått till. De gjorde dem inte lyckligare. Under tiden hade jag ställt undan Chivas Regalflaskan och tagit fram den halvfulla flaskan med Grant's. Samtidigt hade jag tänkt ut något spralligt om whisky-fisky men hann inte klämma fram det eftersom Jens i det ögonblicket tittade indignerat på den billigare varianten.

”Var är Chivas?”

”I vasken där ni hällde ut den.”

”Vi hällde ut fiskspadet du förstörde whiskyn med.”

”Jag förstör inte god whisky med is.”

”Nej men du lurar oss att göra det. Vi vill ha Chivas. För att skölja smaklökarna. Som du har förstört. Kanske för alltid. Det är bara Chivas som kan reparera dem.”

176

"Ni häller ju ut den. För övrigt finns det ingen annan is."

"I fortsättningen dricker vi utan is på det här stället. Nästa gång gör du den väl på korvspad eller grönsaksbuljong."

Jag suckade och hämtade flaskan. För att demonstrera hällde jag Chivas i deras glas och Grant's i mitt. Insinuationen bet inte. De trodde nog att jag gjorde det för att straffa mig själv. Jag ställde tillbaka glaset efter en klunk.

"Man kan inte lyckas jämt."

"Det måste vara vanligare att lyckas jämt än att misslyckas med en så enkel sak som att göra is."

Det var inte det jag hade menat. Jag hade återgått till ärendet Jonny. Jag förklarade att jag betraktade fallet som avslutat och att vi måste se framåt. Åtminstone jag som hade allt ansvar vilande på mina axlar. Det fick dem att gå i taket igen. Jenny exploderade först.

"Avslutat? Vad skall du säga till Katarina? Hon tänkte till och med offra sin kropp och sin heder och sin oskuld för din skull. Tänker du lämna henne i sticket nu?"

Jens var tydligen inte invigd i mitt debacle med Katarina. Men det blev han nu. I detalj. Det framställdes inte som en tragisk incident utan som någonting komiskt. Åtminstone när Jens började dra i trådarna. I synnerhet tråden eller resårbandet som höll Katarinas trosor på plats. Jag förklarade att hon inte var oskuld. Att hon hade berättat att hon hade ett misslyckat försök bakom sig. Fast

177

inte så misslyckat att hon hade oskulden kvar. Då sade Jenny att Katarina hade berättat för henne att hon var oskuld. Och när kvinnor ger varandra förtroenden ljuger de inte. Då frågade jag om kvinnor ljuger när de ger män förtroenden. Jens roade blick vandrade mellan mig och Jenny som om han hoppades på en riktig batalj. Men till vår förvåning kommenterade hon inte. I alla fall inte det ämnet. I stället återgick hon till fallet som jag just förpassat till historien.

"Då tar jag över. Kvinnor ger inte upp lika lätt som män."

Då tar jag över? Sist jag hörde de orden uttalas i den tonen var i lumpen när löjtnanten lämnade över befälet till kaptenen. Som svarade *"Bra! Jag tar över!"* Jag lade armarna över bröstet.

"Varsågod. Hur har du tänkt börja? Åka ut och smörja Sten på Båssö med din förödande charm? Fru Laurits Jensen?"

Hon gjorde en grimas jag inte lyckades tyda. Ämnet gift med Jens var känsligt. För bägge två fast på olika sätt.

"För att undvika att du saboterar mitt upplägg tänker jag inte berätta."

"Du har alltså ingen strategi?"

Hon svarade inte. Det kunde betyda att hon inte hade en aning om var hon skulle börja men det lika gärna innebära att hon hade en plan under bearbetning. När Jenny smider ränker är det bäst att ta betäckning. Just när jag tänkte ordet betäckning slog hon in på det spåret. Fast en annan sorts betäckning.

"Du är den rätte att tala om strategi. Innan du försöker betäcka Katarina igen föreslår jag att du klickar fram ordet strategi på Wikipedia."

Den här gången var det jag som inte svarade. Mest för att jag tyckte att mitt första seriösa misslyckande på det erotiska planet var färdigältat. Seriösa misslyckande? Hur låter det? Man kan misslyckas och man kan misslyckas kapitalt och nu kan man misslyckas seriöst. Åtminstone jag. Fiaskot hade nämligen börjat värka ordentligt i bakhuvudet. Och klicka fram ordet strategi? Jag borde klicka fram 'betäcka' så att det blev rätt. Då sade Jens någonting som vred om kniven i mitt sargade ego. Fast det var inte hans avsikt och han pratade inte om mig.

"När man tänker tillbaka på sina sexuella erfarenheter upptäcker man att man inte ångrar sina snedsteg eller små misslyckande. Det enda man ångrar är chanserna man inte tog."

Snyggt formulerat. Jag hade inga snedsteg att ångra. Och jag ändrade till chanserna man inte fick. Jo, en chans hade jag fått men inte förstått förrän nu att det inte skulle bli någon repris om jag lade ner fallet. Jag harklade mig.

"Okej, vi ger det en chans till."

Jenny gav mig en blick som balanserade mellan misstänksam och road.

"Ger vad en chans till? Betäckning av Katarina?"

Usch, vad jag tycker illa om när hon gissar mina tankar. Jag slog ut med handen i en gest som inte övertygade mig själv. Jag tänkte påpeka att vi måste fråga Katarina om hon ville att vi skulle fortsätta men då hade Jenny hängt på direkt med ett insinuant *'fortsätta med vad?'*. För att distrahera tog jag fram min lilla röda och låtsades anteckna någonting. Det blev bara en krumelur men en krumelur som i stiliserad form liknade det en kvinna har under magen. När jag snabbt försökte göra om den till något annat lade pennan till midja och lår. Ungefär som de teckningar man ser på väggarna på offentliga toaletter. Fast mycket snyggare. Hade jag ansträngt mig en hel dag för att rita konturen av en sexig kvinna hade det aldrig blivit så lyckat. Jag satt mellan mina whiskydrickande gäster på soffan och lyckades inte dölja skissen för någon av dem. När jag vände boken från Jens blickar vände jag den mot Jennys och vice versa. Som om jag medvetet visade upp resultatet för att få en kommentar. Jenny gav Jens en munter blick.

"Okej, då vet vi var chefen har sina tankar. Men det är inte likt Katarina. Hon är slankare."

Just då pep min mobil. Jag hade just anlagt en snorkig min som svar på Jennys inpass. Den ändrades till lismande vänlighet när jag hörde rösten i telefonen. Katarinas. Hon hördes besvärande tydligt men det berodde på att jag av misstag tryckt på högtalarknappen. Upptäckte jag senare. Jag hade just köpt en ny mobil och inte riktigt lärt mig att handskas med den. Resultatet blev att JeJe hörde vartenda ord som sades. I synnerhet kunde de höra att Katarinas röst hade en bedjande ton när hon frågade om det passade att hon hälsade på mig i morgon medan Algot var hos Robertson. Hennes röst hade för all del alltid en bedjande ton men i vanliga fall accepterade man det som man accepterar heshet hos en person. Tänker inte på det.

Men i ljuset av Jennys insinuationer kunde man just nu läsa in vad man ville i tonläget. Jag sade att hon naturligtvis var välkommen. Då frågar hon till min fasa om vi får vara ensamma den här gången. Min röst sjönk till mitt numera berömda mumlande men det förändrade ingenting. Alla lyssnade med stora öron och tog in varenda stavelse. Jag hörde mig försäkra att ingen skulle störa oss och undvek Jennys glada blick.

När jag stängde mobilen var det som om vi hade lyssnat på en debatt i radion och inte ett intimt samtal mellan två osäkra personer som försöker arrangera något väldigt privat. Ingen sade någonting på en lång stund men om det funnits ett mästerskap i insinuanta blickar och minspel bevittnade jag just nu elitklassens finalomgång. Jag tänkte på det Jenny sagt om att skydda en medsyster mot närgångna attacker. Vid det första tillfället hade Katarina tagit alla initiativ. Från att söka upp mig till att klä av sig. Nu hade hon tagit initiativet igen. Men det var ingen som sade någonting om att jag blev attackerad. Inte jag heller för den delen. Jag hade inget emot att bli attackerad på det sättet. Om det nu var fråga om en sådan visit. Hon kanske bara ville vara hos någon när hennes far satt hos polisen. För trygghetens skull. Men varför ensam med mig. Om det bara var trygghet hon ville ha skulle hon få ännu mer av den varan om JeJe var närvarande. Jag kände hur det började snurra i huvudet. Inte bara för att det var upphetsande att hon ville komma utan också för att whiskyintaget gjorde sig påmint. Jag hade en gång råkat säga till en tjej som hade vackra läppar men inga vackra tänder att hon hade en vacker mun. När den var stängd. Min hittills enda prestation i disciplinen komplimanger. Det lilla eleganta omdömet hade nått Jens öron på konstiga vägar. Allting når Jens eller Jennys öron på konstiga vägar. Eller vilka vägar som helst. Jens hade genast gjort ett nummer av saken. Nu hängde han på det gamla ämnet igen.

"Då får du tänka ut en fräsig komplimang, chefen. Här har du en. Du har vackra händer – när de är knutna. Eller den här. Du har vackra ögon – när du blundar."

Jenny tycker också att sådant är roligt. Jag dämpade dem med en lång blick på klockan.

"Ni får ursäkta mig men jag har mycket att ta igen."

Jens nickade igenkännande.

"Det förstår jag. Vi har alla mycket att ta igen. Vad har du att ta igen?"

"Mig."

"Dig?"

"Jag måste ta igen mig så att jag får krafter att ta itu med fallet igen."

Min avsikt var att de skulle lämna mig ifred. Det gjorde de också. På sitt eget humoristiska sätt. De började prata sinsemellan som om jag inte fanns. Jenny tog upp sin mångåriga bearbetning av Jens för att få ihop det med honom på något sätt. I en säng till att börja med, gissar jag. Nu sänkte hon rösten till intimt viskande och beskrev någonting hon sett på film och som hon gärna ville testa. Fast jag försökte blunda med öronen kunde jag inte undgå att höra alltihop. Hon ville att jag skulle höra. Hon älskar att chockera.

Jens ville inte heller höra. Förstod jag av hans tystnad och ansträngda leende. Trots att han är omtyckt bland kvinnor är han ganska pryd. Jag förstod inte heller varför han så hårdnackat höll Jenny ifrån sig. Det finns inte många som kan matcha henne vad det gäller charm och utseende. Konstaterar jag helt nyktert utan att färgas av det faktum att hon är min syster. Tvärtom, egentligen skall man väl se på sin syster med andra ögon än man ser på andra kvinnor. Men där är jag krass. En snygg och sexig kvinna är en snygg och sexig kvinna oavsett vilket släktförhållande man har till henne. En av mina skolkamrater hade en mamma som såg ut som Marilyn Monroe. Han var jättestolt över att ha en mamma som tonårspojkarna drömde om. Alla ville följa med honom hem och lyssna på skivor eller läsa läxor eller vad som helst bara för att få en skymt av mamman som gärna gick klädd i något lätt eller halvt genomskinligt inomhus. Jag tror att hon njöt av att hetsa upp pojkarna. Men när killarna började fråga hur hon såg ut naken och bad honom beskriva hennes kvinnliga detaljer blev han sur. Då var hon plötsligt mamma och inte sexbomb.

Så är det med Jenny och mig. Syster och bror. Förresten har jag inte sett henne naken sedan hon var fem. Inte ens funderat på hur hon ser ut utan kläder. Jag tycker om henne men inte om hennes lättsinniga inställning till pengar. Mina pengar. Och jag kan bli ganska trött när hon och Jens drar de gamla skämten som anspelar på mig och mina snöpliga trevare på det amorösa området. Därför vore det trevligt om morgondagens äventyr kunde bli något att berätta om. Jag gjorde en bild av mig och Katarina i full gång på just den här soffan. Försökte föreställa mig hur det kändes att smeka en kvinnas hud och känna hennes läppar mot mina och...nej, nu skenar fantasin. Eller den räcker inte till. Jag väntar tills jag har någonting från verkligheten att berätta.

Jag lyssnade med ett halvt öra till Jennys fortsatta beskrivning av filmen hon sett. Men Jens ointresse fick henne att tröttna. Hon drack upp sin whisky och tackade för sällskapet utan att vara sarkastisk, vilket är ovanligt för henne. En stund senare följde Jens hennes exempel. Jag hade tänkt föreslå att vi skulle ta öl eller en drink på puben strax intill. Men innan jag klämt fram det hade han försvunnit. Jag misstänkte att de kände som jag. Misslyckandet med fallet skapade olust. Som när man kämpat flera timmar med ett korsord men ändå inte lyckas lösa det. Det var nog den håglösheten som gjorde att jag somnade på soffan en stund senare.

## Skam den som inte ger sig

Jag tror att alla har en melodi som man nynnar eller visslar när man är på gott humör. Och när man är ensam. Man nynnar inte i kön på systemet hur gott humöret än är och man nynnar inte på spårvagnen även om man just vunnit tiotusen på en Bellmanslott. Men är man hemma och väntar på en kvinna som sagt att hon vill vara ensam med just dig så nynnar man sin melodi. Jag är inte särskilt musikalisk så min melodi är inte hämtad från den högre skolan. Eller kanske ändå.

Jag hade en musiklärare som fick oss att tycka om att sjunga. Han tvingade oss inte att sjunga, eller mumla, gamla visor som vi var utleda på. Fina visor i och för sig men är man sexton och har vuxit upp med pop och rock så faller *uti vår hage där växa blå bär* under rubriken töntigt och ålderdomligt.

Han valde melodier som lockade fram sångglädjen i oss. Ingen lätt uppgift när man har med sturska tonåringar som just lämnat målbrottet att göra. Men han berömde våra försök och uppmuntrade oss så gott det gick. Bra hojtat, Larsson kunde han säga utan att låta det minsta ironisk. En melodi som fastnade i mitt huvud och har suttit kvar sedan dess är italiensk och heter *Funicoli, funicola*. Jag förstår att många aldrig hört den eller ens hört talas om den men vi tyckte om den för den passade våra skrovliga stämmor bra. Och den låter så glad. Det var den jag gick och nynnade när det ringde på dörren. Jag kände hur hjärtat tog ett extra skutt. Jag hade preparerat en liten sallad att ätas med en kall fläskfilé som jag tärnat och blandat ner. En lagom aptitretare vid den här tiden på förmiddagen och utmärkt till ett vitt vin som jag hade kylt ordentligt.

Hon var lite tidig men det gjorde ingenting. Desto mer tid skulle vi få tillsammans. Jag kastade en blick i spegeln i hallen när jag gick till dörren för att öppna. Nytvättat hår, slätrakade kinder och min nya vinröda polo mildrade intrycket av obotlig tönt. För säkerhets skull hade jag låst sjutillhållarlåset inifrån och låtit nyckeln sitta i låset för att Jenny inte skulle sabotera mitt upplägg genom att ta sig in med den nyckel jag anförtrott henne i ett svagt ögonblick.

Jag skulle inte låtit tankarna hamna på sidospåret Jenny och sabotage. En livsfarlig kombination till och med i fantasivärlden. Men det här slog allt annat hon ställt till med. Utanför dörren stod hon med ett vädjande leende och huvudet charmigt på sned. Jodå, ni hörde rätt. Charmig och vädjande leende. Riktat mot mig. Händer vart tredje år. Anledningen befann sig bredvid henne. En liten flicka tryckte en nallebjörn mot bröstet och tittade på mig med stora nyfikna blå ögon. När våra

blickar möttes fnissade hon blygt och höll nalle-
björnen framför munnen för att dämpa munter-
heten. Jenny pratade hektiskt som hon alltid gör
när hon vill att jag inte skall förstå vad det är
fråga om förrän hon har försvunnit.

Budskapet var att en väninna var på sjukhuset
och Jenny hade lovat att ta hand om hennes flicka
som heter Kajsa och är fyra men nu hade de ringt
från Jennys jobb och sagt att en jätteviktig kund
var i antågande och det är bara Jenny som kan det
speciella och väldigt dyra program han är speku-
lant på så om jag ville ta hand om Kajsa några
timmar så skulle hennes mamma komma och
hämta henne när hon var klar på Sahlgrenska det
gällde bara en rutinkontroll men den var jättevik-
tig så hon kunde inte avbeställa med så kort var-
sel tack snälla Freddy jag visste att jag kunde lita
på dig du är en ängel hej så länge.

Orden sprutade ur henne som om hon refere-
rade OS-finalen på hundra meter. Innan vinnaren
sprängt målsnöret sprang hon själv nerför trap-
porna och försvann ut på gatan. När jag hörde
porten slå igen hörde jag ett svagt rop. Väldigt,
väldigt svagt. Ungefär som en drunknande som
försöker göra sig hörd från botten av en sjö.
*'Hallå, vänta lite...'*. Det tog en stund innan jag
fattade att det var min röst som försökte tränga
genom kaoset i huvudet.

Jag försökte samla mig. Är det något jag är då-
lig på så är det att samla mig när det blir stressigt.
Det gör mig ännu mer stressad. Här hade jag glad

i hågen väntat på en kvinna som skulle bjuda mig på någonting jag drömt om hela natten. Min första resa till paradiset. Nu var jag visserligen ensam med en slags kvinnlig varelse men situationen var så långt ifrån en resa till paradiset man kunde komma. Men det var inte Kajsas fel.

Vi stannade en stund i hallen eftersom jag var så paralyserad att jag inte kunde röra mig. Till min fasa smög hon sin lilla hand in i min jättelabb. Nej, jag har inte stora händer men i det ögonblicket kändes den som en björnram. Hon tittade upp på mig med oskyldiga blå ögon. Min erfarenhet av att umgås på tu man hand med barn är ungefär lika omfattande som min erfarenhet av att mjölka getter. Jag pressade fram ett blekt leende.

"Hej Kajsa. Det var tråkigt att höra att din mamma är sjuk…"

"Hon är inte sjuk. Hon skall undersökas av jirrekologen."

Jag tog emot upplysningen med en nick medan jag gissade vilken del av kroppen jirrekologen ägnade sig åt. Då ringde det på dörren igen. Jag behövde bara sträcka ut en hand för att öppna. Den här gången var det Katarina. Jag hörde mig rabbla en förklaring till Kajsas närvaro på ungefär samma sätt som Jenny gjort utan punkt komma eller pauser men med ett semikolon för att hämta andan. Katarina blev inte alls uppbragt över att vår herdestund gått åt fanders. Hon blev jätteförtjust över att få träffa lilla Kajsa. Hon hade kanske inte ens tänkt sig en herdestund.

Innan jag hann fråga om jag kunde bjuda på någonting att äta hade båda försvunnit in till deckarkontoret och slagit sig ner i soffan där det plötsligt skrattades och nojsades för fullt. Jag stod kvar i hallen och råkade kasta en blick i spegeln. Figuren som tittade tillbaka såg ut som om han just fått besked att hans hus brunnit ner till grunden och att det enda man lyckats rädda var ett inramat fotografi av farbror Egon. För första gången kunde jag betrakta mig själv när jag drog min berömda suck. Det var inte heller någon uppfriskande syn.

Jag traskade in till kontoret. Ingen av de spralliga damerna lade märke till att jag gjorde entré. En lek som gick ut på att man satte fingertoppar emot varandra var helt uppslukande och samtidigt sjöng man om en spindel som klättrar uppför trå'n. Katarina upptäckte att jag stod och tittade på dem och gav mig en snabb blick och ett leende.

"Jag älskar barn. Gör inte du det? Jag skulle så gärna vilja ha ett barn innan det är försent. Skulle inte du det?"

Jag hann tänka att om det skall bli några barn måste en man och en kvinna mötas på ett av naturen stipulerat sätt under vilket kroppsvätskor utbytes. Innan det är försent. Fast det är det redan. För den här gången. Då ringde det på dörren igen. Jag kände igen signalen. Två korta och en lång.

Jag har en gammaldags ringklocka som inte säger ding-dong eller spelar en melodi. Jag behövde inte gå ut i hallen och öppna.

Jens knallade in som han brukar fast han visste att just vid den här tiden var det tänkt att Katarina och jag skulle varit inbegripna i just den akten jag nämnde. Men som det utvecklat sig spelade det ingen roll. Jag gjorde en välkomnande gest.

"Jag förstår att Jenny skickat dig för att rädda Katarina från mina övergrepp men det är redan fixat. Hon var här och lämnade av en annan vakt. En änglavakt med gyllene lockigt hår."

Han hälsade vänligt på Katarina som utan att avbryta nojset i soffan hälsade tillbaka med ett fnittrigt skratt eftersom Kajsa just då kittlade henne i magen. Det skulle varit jag som nojsade med Katarina i detta nu och kittla henne någonstans i eller under magtrakten, hann jag tänka. Jens gav mig en frågande blick och sade att om han ansträngde sina känselspröt till det yttersta anade han en viss bitterhet i min attityd. Jag förklarade att inget kunde vara mer fel och att jag var glad att få sällskap denna trista november-morgon. Bra, sade han och undrade om jag hade lite mat till honom. Spis och kylskåp hade behagat kapsejsa samtidigt. Havregryn och socker var det enda hans övriga skåp kunde erbjuda. Jag försökte lägga all sarkasm jag var mäktig i min röst när jag meddelade att det var en stor ära att få undfägna hans nåd med vad mitt enkla kök kunde erbjuda men hörde att jag lät mer uppstyltad än sarkastisk.

"Maten är serverad i köket. *Salad beufoise a la ricola med dressing Americaine.* Och till det en väl kyld Chardonnay." Jag vände mig till Katarina med samma erbjudande. "Och unga fröken Kajsa är naturligtvis också välkommen. Jag tror jag kan erbjuda yoghurt med vaniljsmak."

När alla bänkat sig runt köksbordet ringde det på dörren igen. Jag bet mig i tungan för att hålla tillbaka en svordom. Ibland går det en vecka mellan signalerna på dörrklockan. Idag var det som om det stod ett busfrö och tryckte bara för att irritera mig. Jag ursäktade mig och önskade smaklig måltid när jag gick för att öppna.

Den här besökaren var nog den siste jag väntat mig i det här ögonblicket. Jag trodde nämligen att han var djupt inbegripen i samtal med fadern till en av mina gäster. Bronsberg hade parkerat sig snett bakom honom på sitt vanliga, lite spejande sätt. Yrkessjukdom, gissar jag. Jag bjöd dem att stiga in. Båda två rörde sig genom hallen som om de gick över ett minfält. Robertsons kroppsspråk var dämpat på gränsen till uppgivet. Jag förstod ingenting. Jag bjöd dem in till deckarkontoret där de blev stående med uppsyner som skolpojkar som väntar på en uppsträckning av läraren. Robertson sade att han ville prata med Katarina. Jag gissade att det inte var något angenämt ärende och gick och hämtade henne. Hon blev också skärrad av polisernas dystra attityd och jag kunde se att hon förberedde sig på det värsta. Min närvaro kändes överflödig och jag tog några steg mot köket när Robertson kallade mig tillbaka.

"Det är bra om du är närvarande, Larsson. Katarina kan behöva stöd."

Han tog ett djupt andetag och bad oss sitta ner i soffan. Han och Bronsberg förblev stående. Därefter harklade han sig så omständligt att jag trodde att han aldrig mer skulle få ordning på stämbanden.

Men det fick han. Budskapet var mycket riktigt det värsta tänkbara. Jag reste mig ur soffan som om jag beredde mig på en stöt mot skallen. Och det var det jag fick. Bildligt talat. Katarina kröp ihop i soffan. Hennes ögon tycktes växa medan hon väntade på beskedet och Robertsons ansikte såg ut som om en osynlig bildhuggare var i färd med att mejsla det i granit.

"Algot dog för en stund sedan. Hjärtattack. Han föll ur stolen när vi satt och pratade. Det fanns en läkare i byggnaden som var på plats inom några minuter. Men det gick inte att rädda din far."

Pausen som följde innehöll mer än någon annan paus jag upplevt. Jag skall försöka beskriva skiftningarna i atmosfären. 1. Chock. Katarina. 2. Nedsatt fattningsförmåga. Jag. 3. Maktlöshet. Robertson. 4. Ingenting. Bronsberg. 5. Tomhet. Katarina. 6. Allmän förlamning. Jag. 7. Ledsnad. Katarina. 8. Osäkerhet. Robertson. 9. Ingenting. Bronsberg. 10. Gråt. Katarina. 11. Tungt sväljande. Jag. 12. Nervöst skrapande med skor på mattan. Robertson och Bronsberg. 13. Uppgivenhet. Jag. 14. Sorg. Katarina. 15. Adjö. Robertson och Bronsberg.

När jag läser igenom det här märker jag att jag inte fick till den där dramatiska knorren jag hade tänkt mig. Det ser mer ut som en sammanställning av månadens fakturor i Excel-programmet på datorn. I synnerhet sorg och uppgivenhet är bra beskrivningar på det som försiggår i mitt huvud när jag granskar mina räkningar. Att stämningen var laddad men värdig framgår inte heller. Hade jag varit en riktig författare hade jag förstås lagt upp det på ett snyggt sätt och betonat Katarinas förtvivlan och männens tafatta försök att trösta henne. Blivit lite poetisk.

Men jag kan inte måla med ord. Bara beskriva det jag ser. Och det blir inte heller särskilt bra när det drar åt det känslosamma hållet. Polismännen lämnade lägenheten lika försiktigt som de kommit. Jag tror inte någon kommit och gått så ljudlöst som de två storvuxna personerna.

Jag satte mig hos Katarina i soffan och tittade rakt fram medan jag funderade på hur en man förväntas uppträda i en sådan här situation. Jag hann inte börja fundera förrän hon löste problemet åt mig. Hon kröp intill mig och lade huvudet mot min axel. Snyftningarna var stillsamma på gränsen till omärkliga. Jag sneglade försiktigt på henne. Hennes ögon blänkte fuktigt. Hon tittade också rakt fram men inte hjälplöst som jag. Mer åt det sorgsna hållet. Jag gissade att hon gett sig

195

ut på den resa vi alla ger oss ut på när vi drabbas av det förödande beskedet. Trots hennes stillhet förstod jag att det var ett inferno av tankar som snurrade i huvudet. Jag lade armen runt hennes axlar men jag tror inte hon märkte det. Men det gjorde jag. För första gången var jag riktigt nära en kvinna. Inte bara fysiskt. Den närhet jag kände skall jag inte ens försöka beskriva men om jag använder ordet hisnande tror jag att jag kommer ganska nära. Yrsel går också bra. Det förvånade mig att inte Jens och lilla Kajsa gjorde oss sällskap. Jag skämdes lite över min gissning att det inte var bra att lämna Jens ensam med en flaska gott vin. Situationen var inte lämpad för spydigheter.

Känslan av gemenskap med Katarina överskuggade allt annat. Dessutom skulle han iväg till sin skola och kunde förstås inte komma till första lektionen i betänkligt tillstånd. Just då stack han in huvudet och meddelade att han måste sticka. Och skyndade sig ut ur lägenheten. Det sista jag hörde innan dörren stängdes var att han nynnade den danska melodi han brukar nynna när han är på gott humör. Tango Jalousie. När han är på sarkastiskt humör brukar han nynna eller vissla en annan tango. *Tango* av Albéniz. Han hade ingen aning om att ett drama utspelat sig några meter ifrån hans person. När alla dörrar är stängda hör man inte vad som sägs eller pågår i kontoret om man befinner sig i köket. Och med tanke på polisernas ljudlösa ankomst och utgång kunde det tänkas att han inte ens visste att de varit här. Melodin var inte så glad att den störde den hypnotiska stämningen mellan Katarina och mig. Kajsa smög sig in i rummet och upp i soffan bredvid mig. Hon sade inte heller någonting. Det var som om hon också kände att just i detta ögonblick behövdes inga ord. Jag undrade om barn har en särskild förmåga att känna stämningslägen.

Till slut bröt Katarina tystnaden med låg röst. Hon pratar alltid lågt men inte så lågt som nu. Men hennes ord hördes tydligt. Hon berättade vilken god far Algot varit i yngre år. Hur han tagit hand om sin familj och sina barn. Hur han ställt upp och varit som en far för hela ön när det behövdes. Talat folk tillrätta när grannsämjan varit utsatt för påfrestningar. Jag sade ingenting. Förstod att hon inte väntade sig det. Att hon bara behövde en axel att luta huvudet emot och ett öra som lyssnade. Att få gråta ut i lugn och ro. Det var en roll jag aldrig hade spelat. Inte ens tänkt mig in i den. Den tröstande vännens roll. Jag måste erkänna att jag kände mig lite stolt fast jag inte gjorde någonting. På min andra sida tryckte sig lilla Kajsa mot min bröstkorg och jag upptäckte att jag lagt armen om henne också. Precis som om jag hade en egen familj som jag tog hand om precis som Algot hade tagit hand om sina nära och kära.

Jag vet inte hur länge vi satt där och bara var tillsammans. Katarina hade tystnat för längesedan när det ringde på dörren igen. Det tog en stund

197

innan jag fattade att ljudet var en uppmaning till mig att gå och öppna.

Fastän jag aldrig hade träffat kvinnan som väntade utanför dörren förstod jag att det var Kajsas mamma. Hon var lika söt som sin dotter. Hennes uppdykande bröt förtrollningen. Katarina förstod också utan att vara upplyst om alla turer. Hon kom ut i hallen med lilla Kajsa. Alla tackade alla. Kajsas mamma för att vi tagit hand om flickan. Jag för att jag fått ta hand om den trevliga flickan. Katarina för att hon fått träffa den lilla. Ett tag var hallen så full av tack att det kändes svårt att andas. Mamman och Kajsa tackade nej till en kopp kaffe eller choklad och försvann ut i trapphuset.

Katarina och jag gick tillbaka till deckarkontoret och satte oss i soffan. Jag hämtade vinflaskan från köket. Den var inte ens öppnad. Jag var lite förvånad att Jens visade en så ansvarsfull attityd till sitt arbete kontra alkohol men insåg att det var mina fördomar som gjorde sig påminda. Att han var en glad dansk som gärna tog ett glas i vänners lag var ju inte detsamma som att han kunde tänka sig att komma påverkad till sin arbetsplats. Hans arbete krävde ansvar och koncentration.

Vi smakade på vinet. Jag läste en gång en bok där en kvinna sade att tanken på döden och i synnerhet att bevista begravningar hetsade upp henne sexuellt. Några sådana tecken syntes inte hos Katarina och fanns för all del inte hos mig heller. Vi fortsatte att prata dämpat men nu om hur vi skulle lösa fallet med Jonnys försvinnande. Konstigt nog kändes det mer angeläget att komma till botten med problemet nu när Algot var borta. Som en tribut till den gamle kämpen eller för att hedra hans minne.

Jag erbjöd mig att hjälpa till med de praktiska göromålen som alltid uppstår när någon dör. Jag hade viss erfarenhet av proceduren. Men Katarina tackade nej. Algot hade en yngre bror som sedan många år fungerat som familjens överhuvud. Han hade tagit vid när Algot inte längre var kapabel. Vi kände att det tog emot att dricka vin när vi var så nedstämda och drack inte ens upp första glaset. Katarina reste sig och tackade för all vänlighet. Jag erbjöd mig att följa henne en bit på väg. Hon bodde vid Skanstorget. En lagom lång promenad från min lägenhet. Men hon tackade nej till det också. Sade att hon ville vara ensam med sina tankar.

När hon gått satte jag mig vid datorn för att summera min konstiga dag och klämma in den i min loggbok. Det är den ni läser just nu. En dag som börjat med uppskruvade förväntningar, övergått i chock och slutat i nedstämdhet. Men den var inte slut. Klockan var bara tolv. Jag kom att tänka på att jag inte ätit någonting. Bara bjudit andra på mat. Salladen var uppäten. Jens är ett matvrak. Jag svängde på mig en jacka för att slinka över till kinesrestaurangen och få mig en bit. När jag gick ut i trapphuset hör jag någon komma uppför trappan. Jag tyckte jag kände igen ljudet av just de stegen och väntade för att se vem det var. Men jag brukade lyssna till dem när de försvann i andra riktningen. Jodå, det var Jenny. Hon skulle hämta Kajsa. Jag förklarade att det redan var gjort och frågade om hon hade lust att göra mig sällskap på en bit mat. Det hade hon.

# Katarina den sorgsna

Lögnarens tillvaro är mycket mer komplicerad än sanningssägarens. Sanningen är trivial och tråkig jämfört med den fantasirika lögnen. Men lögnaren har ett problem som inte drabbar den som håller sig till enkla fakta. Han måste komma ihåg sina lögner så att han inte motsäger sig själv när han producerar nya. En spännande tillvaro, tror jag. Och bra träning för minnet. Jag tror att lögnaren löper mindre risk än andra att drabbas av demenssjukdomar. Han måste hålla igång hjärnan hela livet. Det duger inte att slappna av när han blir äldre. Lögner föder nya lögner och till slut är han som ett uppslagsverk. Fast tvärtom. Ett uppslagsverk är ett koncentrat av sanningar. Lögnarens uppslagsbok innehåller inte en enda sanning. Och hur duktig lögnare han än är så jagas han alltid av sanningen. Jag kommer att tänka på en replik ur en bok av Colin Dexter. Han med kommissarie Morse, ni vet. Det var kommissarien själv som kläckte ur sig orden. *Sanningen lever sitt eget liv.* Och tränger sig på när den är som minst önskad. Ja, det senare är mitt eget tillägg. Om den notoriske lögnaren ser plågad ut vet man att det är just det som har hänt. Sanningen har trängt sig på. En krystad ursäkt om dåligt minne

201

brukar följa på ett avslöjande men det är också lögn. Hans minne är hur bra som helst.

Jag kan inte ljuga. Har inte tillräcklig fantasi. Dessutom tycker jag väldigt illa om lögner och lögnare. Så om jag blir anklagad för att ljuga blir jag djupt indignerad. Det var precis det som hände när Jenny och jag slog oss ner vid ett fönsterbord. Hon blängde ilsket på mig.

"Varför ljuger du för mig?"

"Ljuger?"

"Ja, du ljuger för mig."

"Ljuger?"

"Du har inte berättat att Katarina är kär i dig. Det är detsamma som att ljuga."

Sanningen, hela sanningen och inget utom sanningen for igenom mitt förvirrade huvud. Katarina kär i mig? Katarina är inte kär i mig. För henne är jag bara en misslyckad privatdeckare. Och en ännu mer misslyckad sängpartner. Kommer inte ens fram till sängen. Det sade jag till Jenny med en stämma som dröp av indignation.

"Jag hade kanske haft en chans att utveckla någon slags relation till henne om inte du satt stopp för det. Två gånger. Som det nu är har vi inte ens hållit om varandra."

"Jag såg Katarina komma gående på trottoaren för en stund sedan. Hon såg inte mig. Jag cyklade på andra sidan gatan. Hon såg ut som en stackars kvinna som fått sin kärlek kastad i ansiktet av en tölp. Hon var så ledsen att det stod som en sky

202

omkring henne. Jag förstod genast att du låg bakom."

Jag gjorde en hjälplös gest. En kvinna ser en annan kvinna, uppfattar henne som ledsen och anklagar genast en oskyldig man för att ha orsakat depressionen. Servitören kom med matsedeln. Jag brydde mig inte om att titta på den utan beställde min favorit chop-suey och ett glas lättöl. Jenny som brukar lära sig matsedlarna utantill innan hon bestämmer sig gjorde också ett snabbt val. Antagligen för att hon hade munnen full av etter som hon måste spotta ut. Hon satte sina svetslågor på mig igen.

"Jag tror att det ligger i mannens natur."

"Vad ligger i mannens natur?"

"Män njuter av att plåga kvinnor."

"Algot är död."

"Män trivs bara när de ser kvinnor vrida sig av sorg och smärta. Män är djur. Primitiva djur. Vad sade du?"

"Algot är död. Han dog av en hjärtattack när han var hos polisen. Robertson tittade in för att meddela Katarina." Jag gjorde en paus. "För övrigt har jag aldrig plågat en kvinna. Jag har inte berett en kvinna någon glädje heller. Jag har aldrig gjort någonting med en kvinna. Och om jag är ett djur är jag möjligen en ko. Snäll och menlös."

"Vadå dog? Han kan väl inte bara dö."

"Går tydligen bra."

Nu sade hon det igen. Men inte med samma övertygelse.

"Du ljuger. Du säger bara så för att avleda uppmärksamheten från dina övergrepp mot oskyldiga kvinnor. För övrigt är kor nyttiga och feminina varelser."

"Okej. Jag ljuger. Algot bara låtsades att han dog. Robertson kom bara förbi för att skämta om det. Katarina satt bara och grät mot min axel i en timme för att hon tycker om att gråta."

"Men hur går det med fallet nu? Kan vi fortsätta om han är borta."

"Jag har jobbat för Katarina hela tiden. Det kommer jag att fortsätta med. Vi har redan diskuterat hur vi skall gå vidare."

Hon var tyst en stund. Vår mat anlände. Vi lassade på ris och började äta med god aptit. Åtminstone jag. Jenny petade lite förstrött i sin mat innan hon plötsligt tittade på mig igen. Utan svetslågor i blicken den här gången.

"Förlåt. Jag blev så uppbragt när jag såg henne se så deprimerad ut."

"Okej. Det är glömt."

Så fort en ny kinesisk restaurang poppar upp går jag dit och testar deras chop-suey. Den här fick nio på en tioskala. Såsen hade precis den rätta sötsura snitsen som jag älskar. Jag hade munnen full av mat när servitören kom förbi och frågade om det var till belåtenhet. Jag tvingades nöja mig med en nick och tummen upp och hoppades att det inte innebar en förolämpning på kinesiska. Man har blivit lite känslig för sådant i vår mångkulturella värld. Jag undrade tyst om det finns någon profet i den kinesiska religionen som är lika lättförolämpad som profeten i en annan känd religion. Jag såg framför mig brända flaggor och utfärdade fatvor. Jag vinkade till mig den lille vänlige mannen och förklarade att tummen upp signalerar något positivt i västerlandet. Han förklarade att han kände till det. Han var född och uppvuxen i Göteborg. Dessutom var han kristen. Jag kände mig lite dum när jag tittade på Jenny som följt utvecklingen av konversationen med ett leende. Jag försökte avleda med en nick mot min tallrik.

"Ovanligt god chop suey. Hur smakar din mat?"

Hon svarade inte men gjorde tummen upp. När hon gjort det förklarade hon att den gesten betyder att det är gott. Därefter vände hon på handen och gjorde tummen ner. Och förklarade innebörden av den gesten. När hon ändå var inne på temat fingrar som pekar åt olika håll gjorde hon långfingret. Jag tyckte det räckte med trams och höll upp alla fingrarna i en utspärrad stoppgest. När jag kastade en blick mot bardisken såg jag att kinesen stod och grinade. Jag tyckte inte det var roligt.

"Hur gick det med programmet och den jätteviktiga kunden?"

"Han ville ha det."

"Grattis. Vad får man betala för ett sådant?"

"Man köper inte programmet. Bara nyttjanderätten."

"Det var det jag menade."

Det var det inte alls. Jag trodde man köpte ett program ungefär som man köper en DVD-skiva. Hon nämnde en summa som fick mig att kippa efter andan. Jag förstod varför datakonsultbranschen var så lukrativ.

"Dessutom måste hans firma betala för alla uppgraderingar. Och dom gör jag."

Jag var lite stolt över att ha en så duktig lillasyster. En kille jag träffar ibland på puben är expert på ett annat program och reser jorden runt för att uppgradera och lära ut alla finesser. Själv är jag glad varje gång jag lyckas koppla upp mig på internet. Jag nickade beundrande.

"Vad gör du i morgon?"

"Imorgon är det lördag. Jag gör inget speciellt."

"Katarina och jag skall åka ut till Båssö och inventera. Det är hennes hus nu. Vet du vad folk betalar för en villa ute i skärgården? Strandnära och med utsikt över massor av vatten. Jag träffade en mäklare som just hade sålt ett hus därute. Han sade att säljaren inte behöver sätta ett pris, det gör köparen. Och det huset var inte ens strandnära."

"Jag följer med. Tror du att hon tänker sälja?"

"Vet inte. Men vad skall hon med huset till. Hon har ingen familj. Och det är för stort för en person att ha som sommarhus."

"Hon kanske tycker att hon har så starka band till ön att hon vill behålla det av sentimentala skäl. Och hon är inte för gammal för att skaffa familj."

Det blinkade till i bakhuvudet när jag hörde ordet familj. Katarina hade sagt att hon gärna ville ha barn innan det var för sent. Men då hade hon inte vetat att hon en stund senare skulle vara ägare till ett stort hus i attraktivt läge. Nåja, jag var ändå inte med på hennes lista över tilltänkta familjefäder.

"Kanske. Vi får prata med henne imorgon. Jag skall ringa Jens och fråga om han följer med. Det kan behövas starka armar om det är stora möbler som skall flyttas."

"Han följer alltid med om snygga tjejer är inblandade."

"Du?"

"Katarina."

Jag tittade forskande på henne. Ibland vet man inte var man har Jenny.

"Katarina ser bra ut på sitt sätt. Men hon är inte så snygg som du. Inte på långa vägar."

När jag sagt det kände jag mig dum. Man kallar inte sin syster för snygging. Man kan tänka det men inte säga det.

Men då fick jag det bekräftat som jag sagt så många gånger, jag förstår mig inte på kvinnor. En komplimang är tydligen en komplimang även om den kommer från en bror som dessutom är stadens ledande tönt i deckarbranschen. Hon gav mig en sådan där lycklig blick som hon bara brukar ge Jens och numera Robertson för att fjäska in sig. Och alla snygga killar hon träffar på restauranger och fester. Gissar jag. Men aldrig mig.

Förrän nu. Hon byggde till och med vidare på temat.

"Tycker du att jag är snygg. Det var snällt sagt. Tack så mycket. Men jag tycker inte om min näsa."

Finns det män som förstår sig på kvinnor? Jag konstaterar bara att min syster är snygg. Ungefär som jag konstaterar att en bil är snygg. Jag gissar att när killar på pubar och andra ställen säger att hon är snygg är det med en flåsig biton. Någon sådan finns inte i min lite släpiga stämma. Jag låter bara trött. Kanske därför hon uppskattar det. Den ärlige sanningssägaren kontra den slipade lögnaren med snuskiga baktankar. Ändå var det jag som kallades lögnare för en stund sedan.

Jag tittade på hennes näsa. Det är en jättesöt liten näsa. Jag meddelade att hon har en söt näsa i en ton som upplyste att ämnet är uttömt. Vi avslutade med en kopp kaffe. Hon måste tillbaka till jobbet och avsluta turerna kring affären med den jätteviktige kunden. När hon svingade sig upp på cykeln och trampade iväg mot Karl Gustavsgatan där hon jobbar funderade jag på vilket konstigt förhållande jag har till min syster. Min enda levande familjemedlem.

Ibland är vi främlingar som slänger ur oss vad som helst, ibland är vi så kärvänliga att jag får en känsla av att vi inte kan vara utan varandra. Och innerst inne tror jag att hon tycker om mig.

## Förlåt, jag förstår inte

När man har murat fast ett folk i ett tillstånd av självdestruktiv depression är det förstås svårt att få dem att förstå varför de plötsligt skall tycka om okända fenomen som humor och spiritualitet. Men det brukar PR-makarna fixa om det är goda pengar inblandade och de får upp vittringen.

Det tog en stund innan jag fattade att mannen pratade med mig. Jag hade slunkit in på puben och satt mig vid baren och beställt en whisky medan jag väntade på Jens. Det var fredag och dags för vår traditionella drink innan vi gick och åt en bit. Jag tittade förvånad på den välklädde figuren med det löjliga hakskägget. Han hade suttit där och stirrat dystert ner i sitt drinkglas när jag slog mig ner. Eller när jag klättrade upp på barstolen kanske är en bättre beskrivning. Just den puben måste ha stadens högsta barstolar. Jag höjde mitt glas och han höjde sitt och vi skålade avmätt. Jag hade ingen lust att hamna i klorna på en av de där överblivna existenserna som finns på alla barer och som inleder alla samtal med undertonen att det bara finns en åsikt. Hans egen. Han hade redan satt ner mitt humör med orden självdestruktiv depression. Jag log blekt och tänkte att om jag suttit vid min dator och han hade poppat upp på skärmen hade jag satt markören på honom och tryckt på 'delete'.

"Ja, det är inte lätt."

"Vilket är inte lätt?"

Nu lät han aggressiv. Jag hade inte lyssnat så noga på hans första harang och medan jag väntade på att en klocka skulle ringa och upprepa orden i repriscentret i bakhuvudet hade jag slängt jag ur mig någonting som tungan producerade utan att ta kontakt med hjärnan. Nu gjorde jag det igen.

"Det du sade."

"Vad sade jag?"

Jag tittade mot dörren. Ingen Jens. Han brukar vara punktlig när det vankas alkoholhaltigt på fredagar. Jag vände blicken mot min nye vän igen som om jag inte sett honom förut och gjorde min version av 'nyss utskriven från psyket'. För säkerhets skull den skarpare varianten 'utskriven av misstag'. Något som Jenny tycker att jag är bra på. Behöver bara se ut som vanligt, säger hon. Han gick inte på det. Han upprepade sin första tirad och tittade argt på mig. Jag log ännu blekare.

"Jasådu, du är i PR-branschen."

"Jag är inte i nån jävla PR-bransch. Jag är konstnär."

Jag nickade och försökte se imponerad ut. Eller åtminstone intresserad.

"Jasådu. Och vad målar du?"

"Jag är ingen jävla målare. Jag är författare. Jag skriver för TV."

"Jasådu. Och vad skriver du?"

"Jag har skrivit en TV-serie. Det bästa manus dom någonsin har fått."

Jag försökte minnas någon TV-serie. Twin Peaks var den enda jag kunde komma på. Jag trodde inte han var inblandad i den.

"Då får jag gratulera. Vad heter den?"

"Gratulera? De jävlarna vill inte ha den. Pärlor för svin. Inget annat. Pärlor för svin."

I det ögonblicket kom Jens till min räddning och slog sig ner på min andra sida. Jag presenterade min nya bekantskap som en framgångsrik författare som skrev serier för TV. Jens är en skarp iakttagare och mästare på att lyssna mellan rader och tyda tonfall. I det här fallet tydde han mitt halvt ironiska tonfall alldeles rätt. Han hade bilden klar på några sekunder och ändrade uttryck från glad och förväntansfull bargäst till riksdagsman som lyssnat på interpellationsdebatten i fyra timmar. Han satte ett par trötta ögon på det förnärmade hakskägget.

"Jaså du. Vad heter serien du jobbar med nu?"

Jag svarade. Mest för att markera att jag hade lyssnat den här gången.

"Pärlor för svin."

Då blev han förbannad igen.

"Den heter inte pärlor för svin. Jag sade att det är att kasta pärlor för svin att ge dom någonting som är så högt över deras begåvningsnivå."

Jag förklarade för Jens.

"Dom har murat fast sig i depressiv spiritualitet. Men det fixar PR-makarna."

Den här gången blev han inte bara förbannad. Han blev dödssur och satt och stirrade rakt framför sig och muttrade någonting som lät som 'det ska fan vara humorist i det här jävla landet'. Jag sneglade på Jens och såg att han snart skulle börja skratta. Han hade nog lika svårt som jag att sortera in surdegen i facket humorister. Jag harklade mig överslätande. Snäll som jag är vill jag inte att folk skall bli på dåligt humör på grund av mina klavertramp. Även om de är oavsiktliga. Jag arbetade en stund med en fråga som skulle pigga upp den stackars missförstådde. Eller åtminstone avleda hans tankar och få honom att sluta reta sig på obegåvat TV-folk.

"Vad gör du i det civila?"

Det piggade inte upp honom ett dugg. Men det piggade upp Jens. Han började gapskratta. Danskar är mycket bättre på att gapskratta än svenskar. Alla i lokalen vände sig åt vårt håll. Folk började ladda upp för fredagskväll på staden och puben var full av glada människor. Några tittade nyfiket åt vårt håll som om de väntade på en upprepning av det som orsakat skrattet så att de kunde delta. Författaren skrattade inte. Han stjälpte i sig sin drink och gick. Hans kroppsspråk skrek förolämpad. Han försökte smälla i dörren när han gick ut men det finns en anordning i överkanten som saboterar tilltaget. Det var inte hans dag, slog jag fast med en axelryckning. Jens skuldror skakade fortfarande när han beställde en dry martini.

"Får jag fråga dig en sak, chefen."

"Varsågod."

"Vad gör du i det civila?"

När jag hörde det uttryckas på det sättet utan sammanhang tyckte jag naturligtvis också att lät dumt. Men jag hade menat 'vad gör du när du inte skriver?' Underförstått – om ingen vill ha dina manuskript måste du väl försörja dig på ett annat sätt. Det hade nog inte heller blivit bra. Konstnärer verkar vara lika känsliga när det gäller deras ego som kvinnor blir när man påpekar mannens överlägsenhet på vissa områden. Jag lutade mig närmare Jens och upprepade just de funderingarna.

Vi märkte inte att ett huvud stacks in mellan våra, ett huvud som sög in mina ord som en komodovaran sliter i sig slamsor av en rutten get. Huvudet kontrade med bitande sarkasm.

"Jag vet ett område där vi inte kan mäta oss med er."

Vi tittade halvt skräckslagna på henne. Jenny, alltså. Hon vet att vi ofta sitter på den här puben på fredagar och brukar titta in för att bli bjuden på en drink innan hon försvinner till någon fest. Det var ganska stojigt i lokalen så vi hade inte hört henne närma sig. Jag försäkrade henne att jag bara hade skojat. Det finns naturligtvis inga sådana områden. Hon vinkade till sig bartendern och beställde en likadan drink som Jens. Därefter upprepade hon sin sarkasm i en ton som hade fått det att knottra sig i skinnet om vi inte varit så vana vid den.

"Jodå. Det finns ett område där vi inte kan mäta oss med er. Eller väta oss med er om du föredrar det ordbruket."

Jag undvek att titta på Jens men noterade i ögonvrån att hans skuldror hade börjat skaka igen. Jenny tog en klunk ur hans drink medan hon väntade på sin egen.

"Det området heter toalettgolvet. Det finns ett jättestort hål att pinka i men det är ni inte ens i närheten av att träffa. Gå in på herrtoaletten och titta om ni inte tror mig."

Jag tittade förvånat mot dörren bakom vilken den nämnda inrättningen fanns. Vi satt alldeles intill.

"Har du varit på herrtoaletten?"

"Behövs inte. Dom ser likadana ut allihop."

Vi tittade generat på varandra. Det vill säga Jens såg inte generad ut. Han väntade med sitt typiska danska grin på fortsättningen. Han behövde inte vänta förgäves. Hon lade en hand på hans axel och en på min.

"Men det finns ett annat hål som ni aldrig missar fast det är mycket, mycket mindre."

Jodå, jag missar det hålet också. Eller rättare sagt. Jag har aldrig fått en chans att sikta in mig på det. Jag såg att hon kramade hans axel hårt och länge innan hon tog bort handen. Sedan skrattade de en lång stund tillsammans. Jag skrattade inte.

Blickar vändes åt vårt håll igen som om folk ville ansluta sig till oss, det roliga sällskapet i lokalen. Jag hade gärna talat om för dem att det inte var det minsta roligt. Bara tramsigt.

Jenny fick sin drink och kravlade upp på stolen som det humoristiska geniet hade lämnat. Hon berättade att hon ringt Katarina för att beklaga sorgen.

"I morgon blir det middag på Båssö. Katarina och jag skall röra ihop en burgundisk köttgryta."

Jag tittade förvånad på henne. Hon är inte känd för sina kunskaper på det kulinariska området.

"Du menar att Katarina skall röra ihop en kött-gryta?"

"Katarina kan inte laga mat. Jag skall röra ihop en burgundisk köttgryta."

"Kan du laga mat?"

"Nej, men du."

Jodå, jag vet hur man svänger ihop en köttgryta. Burgundisk eller svensk eller dansk spelar ingen roll. Jag är duktig på köttgrytor. Men jag hade inte erbjudit mig.

"Du har alltså slagit i Katarina att du kan fixa en burgundisk köttgryta."

"Jag har tänkt så här. Du går och handlar det som behövs imorgon innan vi åker och medan Katarina och jag gör en inventering för boupp-teckningen lagar du och Jens en burgundisk kött-gryta."

Jag sammanfattade händelseförloppet tyst för mig själv. 1. Jenny dyker upp och förklarar alla män för oduglingar som inte ens kan pinka ordentligt. 2. Hon berättar att hon och Katarina skall laga en köttgryta. En konst som ingen av dem behärskar. 3. Hon beordrar oss odugliga män att fixa köttgrytan. Jag tänker inte gå in på begrepp som sens moral och logik men jag är i alla fall glad att jag inte är gift med henne. Jag sneglade på Jens igen. Han bara skrattar. Vid lämpligt tillfälle skall jag berätta för honom att en dag kommer Jenny att beordra honom att gifta sig med henne. Och beordra mig att släpa honom till altaret om han gör motstånd.

Det visar sig att Jenny inte skall gå på fest den här kvällen. Hon skall följa med Jens och mig till den restaurang vi inte bestämt oss för ännu. Så det gör hon åt oss. Det blir en restaurang som just fått en stjärna i Michelinguiden och är väldigt uppskattad och omtalad för just det. Jag förklarar att man måste beställa en vecka i förväg om man ville ha ett bord där en fredag kväll och helst ta ett banklån för att betala notan. Då tar hon fram sin mobil och ber att få låna bartenderns telefonkatalog. Naturligtvis finns det ett ledigt bord för tre klockan åtta. Innan jag hunnit protestera beställer hon trerätters meny till oss alla tre. När hon lagt på ler hon sitt charmiga leende.

"Fixat, chefen. Förstår du nu att du behöver en sekreterare."

Jag förklarar att jag inte behöver en sekreterare men att det verkar som om jag har en. Hon lyssnar inte. Hon och Jens är redan inbegripna i en djup diskussion om man skall välja kött eller fisk till huvudrätten. När de bestämt sig finns jag igen. Jenny låtsas leta i sin väska.

"Hoppsan. Det verkar som om jag glömt plånboken. Då får du lägga ut. Jag såg dig förresten köra omkring i ditt plåtkadaver och leverera till utvalda offer på Andra Långgatan. Tänkte stanna och prata men då försvann du in i en port. Bra dag, förstår jag. Vissa betalar ju gärna kontant. Inte sant? Det såg tungt ut."

"Vad såg tungt ut?"

"Allt det du bar in i butiken."

Jag vet inte hur många gånger jag försökt få in i hennes huvud att skötseln av en firma innebär kostnader, arbete, skatter, avgifter, bokföring, fakturering, marknadsföring, mera skatter och avgifter. Jag gjorde ett nytt försök och lade till en uppräkning av allt den lilla förtjänsten skall räcka till. Bland annat kostnader för att hålla plåtkadavret vid liv. De sista orden uttalade jag i förnärmad ton för att hon skulle förstå vad jag tycker om hennes språkbruk. Då föll Jens in och spädde på med 'den spräckliga burken på hjul'. Han har upptäckt en rostfläck som jag också lyckades upptäcka med förstoringsglas när han pekade på den. Han har ingen egen bil utan hyr en när han skall till Köpenhamn. Alltid Volvos senaste och största modell. Då behöver man inte bry sig om rostfläckar, service, reparationer, skatt och bensin. När han rör sig i staden cyklar han eller tar spårvagnen.

Vi tog en taxi till restaurangen som låg i andra ändan av staden. Maten var fantastiskt god och väldigt dyr och jag bad om ett daterat och underskrivet kvitto för att dra av det på representationskontot. Det uppfattade JeJe som att det var gratis och beställde varsin Hennessy till kaffet. Jag funderade på att fråga Jens vem det var som sade *'Gud bevare mig för mina vänner. Mina fiender klarar jag själv'*. Men om jag ställer sådana frågor svarar han alltid med ett annat citat som följs av en föreläsning. Jag var inte upplagd för Romarrikets uppgång och fall just nu, men jag har för mig att det var en av de gamla kejsarna som kläckte ur sig det användbara nödropet.

Vi tog en taxi tillbaka till deckarkontoret och rundade av med ett glas Chivas eftersom flaskan redan var öppnad. Jenny hade ingen lust att åka hem utan sade att hon ville ligga över på min soffa. Det slutade som väntat. Hon låg i min stora bekväma säng och jag låg och vred mig i ett femtiotal olika ställningar på soffan. Och vaknade ledbruten. Förbaskade tjej.

## Vänsterjabb och rak höger

"Kör inte för nära sopbilen, Freddy. Om de tittar i backspegeln tror dom att det här är någonting dom har tappat."

Jag suckade. Ämnet plåtkadaver hade tydligen inte ältats färdigt under gårdagens middag. En måltid som nästan ruinerat mig och firman. Jens vände sig om för att få medhåll av Jenny och Katarina som satt på den obekväma bänken längst bak i bilen. De log också. Pliktskyldigt, blev min tolkning. Katarina hade inte sett bilen tidigare och blev glad att det var ett så rymligt fordon. Hon hade nämligen tänkt ta med en gammal skänk från huset. Inga problem, sade både Jens och jag utan att ha sett möbeln. Harrys gamla skorv hade ett stort däck och vädret var lugnt.

Jag parkerade vid kajen mittemot bryggan där Harry hade lagt till. Han förstod våra vinkningar och tuffade över för att hämta oss. Jag förklarade anledningen till valet av parkeringsplats och han stävade ut mot farleden. Han var inte lika glad som vanligt och vi fick bekräftat att anledningen var Algots plötsliga bortgång. Han tittade allvarligt och dystert på Katarina när han beklagade sorgen. Jag fick en känsla av att han var på väg att beklaga förlusten av en god kund också men

219

att känslan för det passande avhöll honom. Katarina förklarade att begravningsceremonin skulle hållas i öns lilla kyrka. Han lovade att hedra den gamle sjömannen och lotsen med sin närvaro. Det kändes inte rätt att försöka överrösta maskinen när det fanns en sörjande i sällskapet så färden förflöt under tystnad. Harry hade ingen körning förrän flera timmar senare så han förtöjde båten vid Båssö brygga. Jens frågade om han hade lust att äta med oss och han tackade ja som om han inte ätit lagad mat på en vecka.

Huset kändes egendomligt tomt och ödsligt. Så mycket betyder invånarna och så lite betyder byggnaden hann jag fundera. Jag undrade hur Katarina kände sig men hennes attityd avslöjade inte graden av nedstämdhet. Jag gissade att hon förberett sig på det här ögonblicket under ganska lång tid. Medan tjejerna försvann in i ett annat rum med papper och penna i händerna slog vi oss ner i köket.

Det var Jens och Harry som slog sig ner. Jag ställde mig vid diskbänken och började skala potatis. Harry hade varit gäst i det här huset många gånger och jag förstod under samtalets gång att han inte bara varit leverantör av dryckerna; han hade hjälpt till att konsumera också. Det visade han sig vara duktig på den här gången också. När jag drog fram min gamla Black Renaultflaska hejdade han mig och knallade bort till Algots hörnskåp och hämtade en flaska whisky. Jag tänkte protestera och säga att flaskan och allt annat i huset tillhörde Katarina nu men innan jag hunnit tänka ut ett bra sätt att presentera saken var tre glas fyllda till hälften vilket torde innebära åtta centiliter per glas. Jag tänkte protestera igen och meddela att jag skulle köra bil om några timmar men ingen lyssnade på mig då heller. Jag tog med glaset till diskbänken och fortsatte arbeta med potatisen. Tillbaka i rollen 'mannen som inte finns' tänkte jag när jag besvarade skålen för mig själv. Å andra sidan var det ingen som tvingade mig att tömma glaset.

Jag lyssnade med ett halvt öra till samtalet vid köksbordet som blev allt livligare i takt med att nivån i flaskan sjönk. Efter en stund så livligt att de glömde min existens och därmed att fråga om jag ville ha påfyllning. Jag hörde Jens fråga hur utrustningen för cementblandning transporterats tillbaka till staden och fick höra att den stått kvar i en vecka efter att fundamentet gjutits färdigt. Ja, de talade om cementblandaren som använts av Matti Eriksson för tjugofem år sedan. Nästa fråga gällde om någon kunde smugit dit senare för att blanda mer cement. Jag tyckte frågan var korkad. Varför skulle någon göra det? Uppdraget var slutfört. Men hans tanke var om man passat på att gjuta fler fundament. Ännu dummare. Varför i så fall smyga med sina avsikter. Blandaren stod där tillsammans med cementsäckar och sand. Bara att sätta igång och blanda i fullt dagsljus. Bättre att erbjuda sig att betala för materialet och slippa dra dit en blandare själv. Just som jag skalade mig i tummen så att det började blöda fick jag veta att blandaren stått på samma ställe hela tiden. Harry hade tuffat förbi varenda dag. Det var han som kört ut den och han hade väntat på besked från vägföreningen så att han kunde transportera tillbaka den till staden och rätte ägaren som var Mattis släkting Toivo Eriksson.

Men polisen hade bett dem vänta eftersom två personer var anmälda saknade och försvinnandet kunde ha med arbetet vid bryggan att göra. Teknisk undersökning och allt det där. Jag hittade ett plåster i plånboken och när jag klistrade på det började jag förstå vart Jens ville komma med sina konstiga frågor. Det var samma ämne som vi varit inne på när vi stått och betraktat de cementerade ytorna vid badplatsen. Kunde det vara något misstänkt med någon av dem? Det var faktiskt Jenny som först framfört den misstanken.

Jag ställde kastrullen med potatis på en platta på elspisen. Det var en gammal spis med tre lägen på knapparna men jag märkte att den producerade värme lika bra för det. Det skulle bli potatismos till grytan hade jag bestämt. Jag hade varit uppe tidigt för att handla och förbereda och upptäckt att jag hade en nötstek i kylskåpet som jag glömt att lägga i frysen. Jag hade tillagat hela rätten hemma i mitt kök och lagt alltihop i en stor plastburk. Riktigt lyckat hade det blivit men det borde det bli med grytbitar av välputsad stek.

Jag hittade en stor kastrull i den första stora lådan jag drog ut. Köttgrytan åkte ner i kärlet som placerades på en annan platta för långsam uppvärmning. Medan jag tog fram grönsakerna för att förbereda dem på en skärbräda lyssnade jag till samtalet vid bordet. Aktuellt ämne var mansstorlekar. Ett något förvånande ämne men jag kände Jens och visste att samtalet kunde hamna på vilket spår som helst när det var han som lade om växlarna.

Men det var inte L, XL eller XXL som avhandlades utan frågan gällde om Jonny varit stor och stark nog att utgöra ett hot mot väldige Matti. Harry letade i minnet medan han sörplade i sig whiskyn. Nej, Jonny var betydligt mindre. I din storlek sade han och nickade mot Jens. Normalstor skandinav, bekräftade jag medan jag skar lök och purjolök i skivor. Jens var en och åttio jämnt i strumplästen och vägde åttiofem kilo. Lätt tungvikt lade jag till utan att ana att en aktivitet som inbegrep viktklasser skulle komma att dominera pratstunden den närmaste halvtimmen.

Jag hade skippat burgundisk gryta och gjort en variant efter eget huvud. Mer en variant på kalops bestämde jag och lade några lagerblad i grytan när den började puttra. Som alltid i ett främmande kök fick jag leta efter allting men kryddor hade jag med mig. Jag tillhör den sorten som helst kryddar i slutskedet av proceduren. Jag hörde att kvinnorna arbetat sig upp till andra våningen. Deras steg och röster hördes precis ovanför mitt huvud. När både potatisen och grytan kommit upp i lagom temperatur tog jag mitt glas och gick och satte mig hos debattörerna.

Jag fick en chock när jag såg att nivån i flaskan närmade sig botten. När jag påpekade det för Jens påstod han att det inte varit så mycket i flaskan när de börjat. Det uppfattade Harry som en signal eller uppmaning att gå till skåpet och hämta en ny flaska. Oöppnad den här gången. Jag försökte dämpa med en gest men de båda dryckesbröderna hade lämnat stadiet där skamkänsla och måttfullhet fanns bland receptorerna. Flaskan öppnades och generösa skvättar fördelades. Jag tackade nej.

Vi fick lära oss att Jonny på grund av sin lättare vikt tvingats kompensera med snabbhet och intelligens. Allt detta var antaganden från Harry och en stund senare även från Jens. Till att börja med framställdes fajten som en lokal kamp mellan rivaler om samma flicka men övergick så småningom till en spännande landskamp mellan Sverige och Finland. Det var som att lyssna på ett boxningsreferat på radio. Ett jäkla humör hade Jonny haft förstås. Ett arv efter hans far, log man förnumstigt mellan klunkarna. Men det humöret tog sig inga uttryck i ojust boxning. Det visste man med säkerhet efter tjugofem år utan att ens veta om det förekommit en kamp. Inga sparkar och inga slag under bältet, en fin och ärlig kamp mellan två gentlemän. Bara rak höger och vänster uppercut och ett briljant fotarbete. Det senare från Jonnys sida eftersom han var mindre och snabbare. Harry illustrerade med stampande och trippande fötter under golvet och svingande nävar i luften. Då och då en tumme mot ena näsborren för att rensa luftvägarna.

När jag undrade varför man inte kunde tänka sig att någon av kämparna kunde fått tag i en spade och drämt till den andre i huvudet tittade man på mig med avsmak. I synnerhet Jonny skulle aldrig sänka sig till sådana tarvligheter. Hans karaktär hade uteslutande bestått av ädla drag. Och Matti var alldeles för stor och långsam. Färdigdiskuterat. Jag ignorerades efter mitt burdusa inlägg och gick tillbaka till spisen för att sköta om mina grytor. Det började lukta riktigt gott i köket men det märkte inte kämparna vid bordet. Gonggongen hade just gått för fjärde ronden och till stor fasa ledde Matti på poäng. Potatisen var färdigkokt och jag letade fram en potatisstamp ur en låda. Jag tycker om att göra potatismos på ett så manuellt sätt som möjligt. Helst kryddar jag bara med salt och vitpeppar men den här gången lade jag i lite malen muskotnöt för den pikanta smakens skull. Matlagningsgrädde istället för mjölk ger precis den konsistens jag vill ha. Många tycker att det blir stabbigt men så vill jag ha det och tillsammans med en äggula för färgens skull blev det hela perfekt.

När jag smakade av gjorde jag reflektionen att vi kunde skippa köttgrytan och bara äta potatismos. Jag var så inne i mina kulinariska konster att jag inte märkte att tjejerna kom in i köket. De stannade till och tittade på kämparna vid bordet som nu nått det blodiga stadiet. Det nobla inslaget hade tunnats ut i takt med att whiskyn tunnade ut blodet i de hesa reportrarnas artärer och nu hördes råa tillrop när Matti missade en våldsam högerkrok och Jonny svarade med två blixtsnabba vänsterjabbar.

Tjejerna tittade frågande och förvånat på mig innan de flyttade blickarna tillbaka till kämparna. Jag förklarade att de var inbegripna i en komplicerad analys av händelseförloppet under kvällen när Jonny försvunnit och att de närmade sig upplösningen och därmed lösningen av hela fallet. Jag försökte också få med hur kraftödande det är att lösa fall på det sättet men deras blickar avslöjade att de tyckte det var löjligt. Tjejer har inte samma känsla för djuplodande intellektuell utvärdering som män. Katarina ställde sig bredvid mig och sniffade på grytan. Det luktade riktigt gott nu när jag hade smulat ner några buljongtärningar och droppat i lite fondsås. Hon blev nästan lyrisk.

"Oj, vad gott det skall bli. Jag visste inte att du är så duktig på att laga mat?"

"Någonting skall väl jag också vara bra på."

Jag blandade blygsamheten med lite syra och sneglade på Jenny. Hon lade också lite syra i sin stämma när hon berättade att hon berömt min matlagningskonst hela tiden de varit runt i huset och att de njutit av dofterna som stigit upp till andra våningen. Just när hon sade det fick Jonny in ett praktslag på Mattis käke. Något som demonstrerades inte bara med svängande nävar utan också med rullande överkroppar och halvslutna dimmiga ögon. Det senare för att illustrera hur Matti såg ut och kände sig innan han dröste i backen. Föreställningen avslutades med varsin djup klunk och belåtna men uttröttade miner. Jag undrade om vi förväntades applådera.

"Vem vann?"

Frågan mottogs med all den indignation kämparna var mäktiga och besvarades unisont.

"Vem vann? Vilken sida är du på?"

Jonny hade naturligtvis vunnit tack vare sitt överlägsna fotarbete och sin högre intelligens. Det framgick att både Jens och Harry var inbitna boxningfantaster. De övergick till att jämföra den nyss avslutade fighten med en mellanviktsuppgörelse där Bosse Högberg varit ena parten. Harry hade sett matchen på plats. Ringside. Jag väntade att han skulle berätta att han själv varit boxare och börja sluddra "njävla schnuverän fajt" men han hade fullt upp med att smälta den nyss avslutade kampen.

Jag avhöll mig från att framföra åsikten att det var rent önsketänkande från de whiskydimmiga kämparnas sida att Jonny slagit ner sin store motståndare. Det hade bara retat dem ännu mer. Jag tänkte på något jag läst en gång om mansstorlekar. *David lyckades med sin stenslunga den gången men det är alltid säkrast att satsa pengarna på Goliat.*

Dessutom hade vi hela tiden utgått från att Matti var banditen och Jonny offret. Och det fanns inget i framställningen som tydde på att det var någon tvekan om att det förhöll sig så.

Det var nog den godaste köttgryta jag någonsin lagat. Alla åt med god aptit. I synnerhet kämparna som behövde bygga upp sig efter den kraftödande bataljen. Jag frågade försynt vilken slutsats man kommit fram till. Jens svarade att om man behöver ställa sådana frågor förstår man inte svaren. Harry såg lika groggy ut som när han illustrerade Mattis tillstånd för en stund sedan. Jag sneglade på whiskyflaskan och undrade om han var kapabel att navigera båten tillbaka till fastlandet. Om inte kunde jag göra det. Skulle vara kul att ha befäl över en båt igen. Jag visste att de gamla takterna skulle väckas till liv bara jag kände rodret i mina händer. Och jag visste exakt var alla förrädiska undervattensgrund befann sig. Bôar som vi hade kallat dem förr i tiden. Gjorde man nog fortfarande. Inte ö som i öar utan ô som i hörna.

Efter maten gick vi in i stora rummet för att titta på skänken som vi skulle ta med oss till staden. Det var en mycket vacker skänk som Algot hade transporterat från Liverpool för många år sedan. Snidad ek. Jag sneglade på Jens som i samma ögonblick sneglade på mig. Med fasa i blicken. Katarina anade ett slags rådslag i blickarna men inte det slags rådslag som blickarna verkligen innehöll. Hon nickade uppmuntrande mot möbeln som såg ut att väga hundra kilo.

"Jag kan plocka ut glasen och porslinet om det underlättar."

Just när jag skulle svara att det vore vänligt och lägga till att vi är tre som kan hjälpa till att bära hörde jag Harrys utdragna snarkning från kökssoffan. Jag sneglade på Jens igen och såg att hans tankar speglade mina. När vi baxat ner skänken till båten skulle vi komma tillbaka och baxa ner Harry.

När vi tio minuter senare vacklade nerför klipporna med skänken mellan oss och flåsande som hydrauliska bromssystem kom jag att tänka på en historia jag hört. Två flyttkarlar hade tappat en dyrbar skänk och en av dem skickades upp till änkenåden för att underrätta henne om olyckan. Han kom tillbaka med en femkrona i handen efter att ha sagt 'skänken slant'. Då hade jag tyckt det var roligt. Det tyckte jag inte nu när jag kände att min ena fot halkade till på en klipphäll. Den här skänken var säkerligen också ovärderlig.

Nere vid vägen stod en fyrhjulig handkärra med tillräckligt stort flak. Vi spanade åt båda hållen, tackade vår skapare och bad ägaren om ursäkt när vi tillryggalade de sista femtio meterna med mig som styrman och dragare och Jens som påskjutare. När vi baxat ombord eländet kom Katarina och Jenny med varsin kartong. Vi förstod att de innehöll glasen och porslinet de hade plockat ut ur skänken. Katarina log vänligt och undrade varför vi inte skruvat loss överdelen och burit den separat som man brukar göra. Jag kände hur mitt

229

leende stramade i kinderna när jag vidarebeford-
rade frågan till Jens och bytte ut varför *vi* inte
hade skruvat loss till varför *du* inte hade skruvat
loss. Hans spydiga svar försvann i en oväntad
flod av eder och förebråelser och tillmälen som
'förbannade tjuvar och ligister och banditer'. Vi
vände oss mot rösten med höjda ögonbryn. Det
var ägaren till kärran, en liten högröd man med
yviga gester. Tydligen hade han sprungit i hög
fart. Han trodde kanske att vi tänkte lasta ombord
kärran och ta med den till staden. Vi hade stått
med ryggarna mot vägen och inte sett honom
komma rusande. Jens fann sig snabbast. Det gör
han alltid. Men det är nog ingen bedrift att finna
sig snabbare än jag.

"Men herregud, Freddy. Tog du fel kärra? Var
är vår?"

Han tittade upp mot vägen och Algots hus som
om det verkligen funnits en kärra till. Mitt i hans
ursäkt och tirad om hur svårt det är att skilja en
kärra från en annan ryckte mannen till sig kärran
och småsprang upp mot sitt hus med kärran
studsande och skramlande bakom sig. Han sva-
rade inte på Jens erbjudande om hjälp med det
som skulle transporteras. När vi gick tillbaka till
Algots – numera Katarinas - hus för att hämta
resten av det som skulle med till staden såg vi
mannen stå vid ett hus och förtöja sin kärra med
någonting som såg ut som en ankarkätting från
Titanic. Han tittade inte på oss men hans kropps-
språk indikerade ovänlighet. Jens ropade en ur-

säkt till och ett tack för lånet men inte ens då vände han sig om.

Harry hade piggnat till när vi dök upp igen. Han hjälpte till att bära en kartong till båten. När Katarina låste ytterdörren tyckte jag hon såg stolt ut. Första gången hon låser sitt eget hus, tänkte jag. Under färden tillbaka till Långedrag skruvade jag loss överdelen på skänken och lyfte ner den på däcket. När jag kom tillbaka in i hyttens värme hade jag väntat mig att Jens skulle tacka mig och be om ursäkt för att inte han tänkt på det från början men han frågade bara i spydig ton varför inte jag tänkt på det innan vi kånkade fanskapet nerför berget. Hans ursäkter hade kanske tagit slut efter diskussionen med kärrans ägare.

Transporten från båten till bilen gick lätt när vi kunde bära skänken i två delar. Jag hade trott att möbeln skulle vidare till Katarinas lägenhet men hon bad att få deponera den hos mig tills vidare. Jag sade att det gick bra men visste inte hur jag skulle tolka önskemålet. Trots att ordet möbel betyder rörlig betraktar jag möbler som fast egendom. Fast egendom deponerar man inte hos vem som helst hur som helst. Kanske var det en markering att hon ville fortsätta träffa mig även efter att fallet var nedlagt. Eller bara en markering att hennes lägenhet var för liten för jättemöbeln. Jag vågade inte dra några förhastade slutsatser. Men det vågade Jenny. Hon nickade mot skänken som vi placerat mittemot soffan så att man kunde beundra den när man tog ett glas vin och sade att nu är det kört för Larsson. Jens instämde i sin vanliga raljanta ton utan att veta att 'kört' i Jennys definition vore en dröm i uppfyllelse för Larsson. Det gick också att tolka kört som förstört. Det var det jag gjorde. Ja, att Katarina inte var närvarande är kanske lätt att utläsa av samtalsämnet och kommentarerna. Jag hade släppt av henne hos farbrodern för att de skulle ordna med förberedelserna inför jordfästningen på ön. Jag kände mig lite trött och hade helst tagit mig en lur men med huset fullt av JeJe gick inte det.

De var fortfarande mätta efter köttgrytan och tackade nej till kaffe med dopp. Men kaffe utan dopp gick bra. Jenny gick ut köket för att fixa det medan Jens dukade bordet med kaffekoppar ur mitt gamla skåp. Han är mycket för gamla snirkliga möbler och kastade giriga blickar på skänken. Jag satte mig vid laptoppen för att knacka in resultatet av dagens mödor. Medan kaffemaskinen arbetade ute i köket och då och då gav ifrån sig sörplande ljud kom Jenny in och satte sig på skrivbordskanten med ett ben dinglande i luften. Jens ställde sig bredvid henne. Båda betraktade mina mödor under tystnad. Jag tyckte att jag skulle säga något och valde ämnet som låg närmast till hands. Mina händer på tangentbordet. Jag är ganska stolt över mitt tempo.

"Jag skriver med bara två fingrar."

Skärmen dolde mitt flinka handarbete för deras blickar. Jenny nickade.

"Vi hör det. Är det tummarna?"

232

Jens hängde naturligtvis på.

"Jag ger mig den på att du smattrar ner alfabetet på mindre än två minuter."

Jag kom att tänka på något den australiensiske författaren Patrik White hade sagt. Jag höll på att läsa en av hans böcker för tillfället. Det kändes skönt att kunna pricka in ett citat inför citatmästare Jensen.

"Ingenting utsökt kan skapas i hast. Patrick White."

Han hade inget färdigt citat att bemöta det med men tänkte naturligtvis ut ett på några sekunder.

"Ingenting långsökt kan skapas på en höst. Jens Laurits Jensen."

Då protesterade Jenny och sade att allt det långsökta som skapats vid den här laptoppen denna höst kunde få internminnet att explodera när som helst. Då ändrade Jens sig och höll med henne och spädde på med höstrusk och höstmörker som sänker sig även över laptoppar. Då gick jag ut i köket och hämtade kaffet.

Medan vi smuttade på kaffet passade jag på att ta upp boxningsfajten mellan Harry och Jens. Nej, inte högerkrokarna och vänsterjabbarna utan den enda detalj som kunde associeras till det pågående fallet.

"Kommer du ihåg att du tjatade om cementblandaren och hur länge den stått kvar efter den ödesdigra kvällen?"

Jens tittade frågande på mig. Han svarade inte. Jag fortsatte.

"Ponera att det ligger någonting i den hypotesen. Att den användes till något annat. I så fall till vad och av vem."

"Cementblandare kan bara användas till att blanda cement."

"Jag menade inte att någon hade rört ihop en vetedeg i maskinen. Men kunde någon blandat cement till en annan yta?"

"Det är det som är den springande punkten, chefen. Den annorlunda cementytan."

Jag väntade på en fortsättning som inte kom. Men alla tänkte samma sak. Någonting doldes under den skrovliga ytan. Jenny fyllde på både kaffekopparna och det avstannade samtalet.

"Hur skall vi få klarhet i det. Måste ni spränga bort den cementen också?"

Jag förklarade att vi möjligen kunde borra bort valda bitar men cementexperten Jens invände att formen på flera av ytorna var som fiskar med spetsiga ändar. Det kunde räcka med en slägga för att slå bort spetsen och sedan arbeta sig mot mitten genom att slå bort en liten bit i taget. Desssutom hade just den cementen vi talade om sett slarvigt blandad ut och den var troligen inte armerad. Vi kom överens om att det var enklare att åka ut och arbeta än att försöka lösa problemet över en kopp kaffe i Göteborg. Det började kännas som om vi tillbringade mer tid på Båssö än i staden. Vi bestämde en tid nästa dag som var en söndag.

Vi åkte med ordinarie skärgårdsbåten och bänkade oss i kaféet. Jag vinkade till mig däcksmannen och bad att de skulle släppa av oss vid Båssö. När jag nämnde Båssö kände han igen mig som mannen som blivit haffad av polisen. Jag förklarade misstaget. Han berättade att den sure mannen som suttit i kaféet också hade bett dem att lägga till vid Båssö men han hade ändrat sig. Han hade frågat vem jag var. Däcksmannens nyfikna blick indikerade att han också undrade vem jag var. Jag förklarade så kortfattat som möjligt och fick bita mig i tungan för att inte lägga till 'privatdeckaren som inte finns'. Det hade krävt ytterligare en förklaring och den hade inte gått lika fort.

När han lämnat oss dök en annan bekant upp. Sten med den giriga blicken. Jag kastade en blick ner mot Jennys lår och konstaterade att hon hade tajta jeans som vanligt. Det konstaterade Sten också belåtet när han slog sig ner vid vårt bord med sin kaffekopp och ett maffigt wienerbröd. Han hade hört att Algot gått bort och undrade varför inte Katarina var med oss. Jag berättade att hon hade mycket att ordna med dödsbo och begravning just nu. Det var inte hela sanningen. När hon hade förstått att vi skulle hugga i sten för att leta efter döda kroppar en gång till ville hon inte vara med. Ifall vi hittade en. Jens förklarade att efter så många år kan man inte avgöra vilken kropp det är förrän rättsläkaren undersökt den. Det tröstade inte den känsliga damen som påpekade att hon hyste lika stark antipati mot alla ruttnande kroppar.

Vi berättade inte för Sten om våra vilda planer. Som delägare i vägförening och badplats kunde han ha synpunkter på att vi bankade sönder saker och ting som han kanske varit med om att skapa eller åtminstone betala. Men han berättade för oss att dödsboet efter Algot innebar mycket mer än ett hus med inventarier, det fanns massor av attraktiv mark runtom på ön som tillhört den gamle mannen. Bara att stycka upp och sälja. Eller sälja som råmark. Han var själv spekulant på mark som låg nära hans hus. Det var stora pengar som väntade på Katarina. Han nickade belåtet igen som om han funderade på ett sätt att bli delaktig i förmögenheten. Både han och Katarina var ogifta.

När jag bett Katarina att få låna en nyckel till huset berättade hon att det hängde en nyckel på en spik vid trappan men att man inte behövde gå in i huset för att hämta verktyg. Allt sådant fanns i ett olåst förråd på gavelsidan. Vi ville nog gå in ändå för att värma oss och ta en kopp kaffe förklarade jag. Ordinarie båten gick två gånger om dagen. Vi skulle anlända vid tolvtiden och nästa avgång från ön var klockan fyra. Hon berättade också att man måste hissa en liten flagga vid tilläggsplatsen för att kaptenen skulle se att det fanns folk som ville åka med och hala den innan man gick ombord.

Vädret var som vanligt denna ovanligt trista november. Grått, vindstilla och med regnet hängande i luften. Lika skön och inbjudande som skärgården är en solig sommardag, lika ogästvänlig kan den vara en grå vinterdag. För det borde faktiskt vara vinter nu. Om några dagar var det december. För all del, vinter vid västkusten betyder lika ofta slask och blåst som snö och sol.

Eftersom vi hade så gott om tid föreslog jag att vi skulle börja med en kopp kaffe. Då sade Jenny att vi precis druckit kaffe på båten. Jens som är systematisk sade att han ville ta itu med uppgiften först och belöna sig med kaffe efteråt. Och så blev det. Nedröstad som alltid. Vi hittade slägga och spett i förrådet och traskade ner till bryggan.

Innan vi tog itu med huggandet och hackandet satte vi oss i vindskyddet och betraktade ytorna. De var fem till antalet. Tre uppe på en slags platå och två ner mot den lilla stranden. Det var inte förrän nu vi började fundera på hur vi skulle återställa plattorna. Jens hittade en ursäkt efter en stunds letande i sitt digra förråd. Han är bra på ursäkter, både krystade och finurliga.

"Fan, det är polisarbete vi håller på med. Polisen skulle gjort det här för längesedan. Då är det dom som skall fixa att det blir återställt."

Jag invände att det resonemanget bara höll om vi verkligen hittade en kropp. Det slog mig i samma ögonblick att om vi inte hittade någonting i första hålet så skulle vi naturligtvis ge oss på ett annat och om vi inte hittade någonting där heller? Jenny piggade upp oss med teorier om straffsatser för demolering av badplatser. Jens avbröt speku-

237

lationerna och började i andra ändan igen, den systematiska.

"Hur tänker en människa som behöver göra sig av med en kropp på den här platsen? Han har tillgång till cement men han har inte mycket tid. Han bör alltså välja den yta som ligger närmast den plats där cementblandaren är placerad. Blandad cement väger tre gånger så mycket som vatten. Specifik vikt."

Vi tackade magistern för lärdomen och iakttog honom när han gick fram till den närmaste ytan. Inte den vi talat om tidigare som skiftade i en annan färg utan en strax intill. Vi funderade en stund. Jenny kastade fram en annan tanke. Något som vi inte funderat så mycket på men som borde sysselsatt våra huvuden intensivt. Förstod vi när vi hörde teorin formuleras.

"För att kunna göra sig av med en kropp i de här hålen måste man få bort den gamla cementen först. Hur gör man då? Klumparna måste gömmas någonstans. Var är det enklast att göra sig av med dem? Och borde vi inte koncentrera oss på den plattan som har minsta cementmängden istället för den som ligger bekvämast till för påfyllning?"

Vi begrundade hennes förslag medan vi betraktade den närmaste omgivningen. För att kasta klumparna ner i havet från de övre plattorna räckte det inte med att vara svensk mästare i styrkelyft. Man fick vara en hybrid mellan elefant och gorilla. Jens rynkade pannan medan han lät blicken vandra. En av plattorna låg alldeles intill vattnet. Det var den som var svårast att komma till. Man måste hasa nerför klippan för att komma dit.

"Lätt att kasta cementklumpar i sjön därifrån men omöjligt att ta sig dit med en skottkärra full med cement."

Jenny gick närmare för att undersöka och gjorde oss uppmärksamma på att formen på klippan var sådan att den bildade en naturlig ränna från övre plattan där vi stod ner mot den som låg bredvid lilla strandremsan. Hon pekade och stegade. Jag invände lamt fast jag var tvungen att erkänna att det var en ovanligt skarp iakttagelse. Man fick betrakta topografin från en speciell vinkel för att se det. Min invändning var allt annat än skarp.

"Vi talar om en man i svår stress med en död kropp som måste försvinna inom några timmar. Dessutom i mörker. Tror du verkligen att han hade tid och sinnesnärvaro att upptäcka den här rännan och tänka ut den planen?"

Hon ryckte på axlarna.

"Hur mörkt är det en sommarnatt i juni?"

Vi funderade igen. För att säga någonting framkastade jag en teori att det hade varit enklare att bara slänga kroppen i havet. De tittade på mig en lång stund innan de förklarade unisont att den i så fall hade flutit upp efter några dagar och att Katarina hade berättat att polisen hade draggat runt platsen i flera dagar och att dykare varit nere och dessutom var det så grunt och så klart vatten att

239

man kunnat se kroppen från badplatsen och att öborna själva hade undersökt området så noggrant det bara går.

Jag gjorde en avvärjande gest för att markera att argumenten räckte och att jag erkände mig besegrad. Min tanke hade i första hand varit att undvika att vi högg och bankade mer än nödvändigt. Jag började nämligen inse vilken arbetsbörda vi tagit på oss. Jens avgjorde på sitt krassa sätt.

"Okej, vilken platta skall vi ge oss i kast med? Vi hinner bara med en. Skall vi lotta eller rösta?"

Vi tittade oss omkring igen. Det var uppenbart att Jens ville ta itu med den övre plattan som skiftade i olika nyanser. Lika tydligt var att Jenny ville att vi skulle slå sönder den nedre. Jag räknade ut att om vi slog sönder den övre skulle vi få bära alla cementklumparna till en brant del av klippan, låta dem rutscha ner och då skulle många ändå fastna på en utskjutande del strax ovanför vattenbrynet. Slog vi sönder den nedre kunde vi kasta klumparna direkt ner i vattnet. Det skulle gå betydligt fortare och kanske ge oss tid att knacka lite i den övre också. Jag upptäckte att de tittade på mig under tystnad. Det tog en stund innan jag förstod att de väntade på mitt val. Jenny påpekade med skärpa i rösten att jag hade utslagsröst. Skärpan i rösten tolkade jag som att om jag inte valde hennes alternativ skulle jag bestraffas med utebliven bulle till kaffet. Jag visste också att om jag valde fel skulle jag få höra det i åratal. Om jag valde rätt skulle det vara någon annans förtjänst att kroppen fanns just där.

Jag suckade när jag hörde en viskning i mitt inre öra att det lata alternativet alltid var att föredra. Den bekväma utförsbacken framför den långa uppförsbacken. I det här fallet även bokstavligt. Jag gjorde en gest mot den nedre och vi hasade oss ner, Jens med spettet som ett slags balansstöd och jag med släggan i ena handen. Jenny följde efter på sitt trippande sätt. Det var en kraftig slägga kände jag när greppet höll på att släppa. Jag fick ta ett nytt tag innan vi var nere. Som tur var hade alla skor med kraftiga sulor. Vi stannade till och betraktade plattan när vi hasat oss ner. Den var formad som en makrill utan stjärtfena, en smal spets och en lite trubbigare. Jag mätte med några rejäla kliv. Två meter. Jag kliade mig i huvudet. Lite trångt för en vuxen manskropp med tanke på de avsmalnande ändarna. Jens mätte också. Slutsatsen blev att det skulle gå att pressa in en vuxen man om man vidtog vissa åtgärder. Så han vidtog just de åtgärderna. Eller gissade att gärningsmannen hade gjort på det sättet.

"En kropp går att vika ihop. Utrymmet är tillräckligt stort om man gör det. Det räcker om det är plats för överkroppen på längden. Benen kan man trycka mot bröstet."

Jag tyckte att det lät både makabert och omöjligt och hoppades att han inte skulle komma på idén att det även går att stycka en kropp. Då gjorde Jenny det. I en ton som om det gällde att filea en torsk.

"Han hade förstås både spade och yxa. Om man knäcker ryggraden går det nog att vika kroppen på mitten."

Jag vägrade lyssna vidare när Jens fyllde på med att man kunde förkorta ytterligare genom att avlägsna huvudet. Jag förkortade deras oaptitliga resonemang genom att helt sonika drämma släggan mot en punkt cirka en halvmeter från en av de spetsiga ändarna. Cementdamm och flisor träffade våra skor. Jag tittade efter sprickor i ytan men kunde inte se några. Jenny tog säker position på klippan ovanför plattan när jag höjde släggan för nästa träff. Den här gången något närmare spetsen. Det gick bättre. En spricka tecknade en krokig linje tvärs över plattan. Jag slog en gång till och den spetsiga ändan vek sig neråt. Jens lade sig på knä och vickade. Klumpen rörde sig men lossnade inte. Jag lade ifrån mig släggan och siktade med spettet mot den punkt där sprickan var bredast. Samma sak. Den gick att vicka men lossnade fortfarande inte. Vi gjorde ett nytt försök. Jag höll spettet och Jens slog på det med släggan. Efter att ha flyttat och vridit spettet några gånger lyckades vi ta oss igenom på ett ställe. Det visade sig vara den riktigt svaga punkten. Vi lade oss på knä igen och vickade och drog åt olika håll. Plötsligt lossnade hela klumpen. Jens som placerat fötterna på berget nedanför plattan höll på att ramla baklänges ner i vattnet när motståndet försvann. Jag fick tag i en av hans fäktande armar och räddade honom från det ofrivilliga doppet. Vi drog upp det stora blocket med gemensamma krafter och lade det på berget intill. Jens lutade sig ner i öppningen och krafsade med handen. Jag lade mig också på knä för att följa förloppet. Även Jenny lade sig ner så nära att våra huvuden då och då slog ihop. Jag såg inget annat än porös cement. Just när jag bestämt att plattan behövde några ordentliga slag till tjoade hon till rakt i mitt öra och pekade upphetsat på en liten yta, stor som en tändsticksask. Jag tittade på samma fläck men såg inget annat än cement. Samma gulgråbruna färg. Då påpekade hon att den såg annorlunda ut än resten av ytan. Inte färgen men strukturen. Glattare och hårdare. Jens såg lika frågande ut som jag men tog fram en pennkniv och krafsade lite till. När ytterligare småflisor ramlat av och han sopat bort dammet såg även han och jag vad det var. Fast jag bara sett skelettdelar på TV tidigare förstod jag genast vad det var. En bit av en mänsklig skalle. Inte vit som teckningar i skolböcker utan skiftande i gula och bruna nyanser. Jag tyckte mig till och med se några hårstrån.


Vi reste oss upp och kramade Jenny. Utan henne hade vi drämt till igen och då kunde cement rasat ner och dolt skallen eller krossat den också. Varefter vi hade gett upp. Kanske gett oss på den andra plattan.

Det började regna. Vi samlade ihop verktygen och knallade upp till vindskyddet. Stolta och lyckliga trängde vi ihop hos i det trånga utrymmet. Jens lade armen om Jenny som såg ännu lyckligare ut. Jag lade armen om hennes andra skuldra. Mest för att det var så trångt att jag inte visste vad jag annars skulle göra av armen. Regnet tilltog men vi behövde ingen annan sol än den som strålade i Jennys ansikte. Hade en fotograf dykt upp i det ögonblicket hade han kunnat fotografera tre väldigt belåtna nunor i hällande ösregn. På tal om fotograf kom jag att tänka på att vi måste dokumentera vårt fynd. Kanske lägga tillbaka cementklumpen så att ingen annan skulle göra samma upptäckt och ta åt sig äran. Jens och Jenny samtyckte med ivriga nickar. Det var vår skatt och ingen annans. Åtminstone tills vi rapporterat till Robertson.

Den lilla skuren drog förbi efter några minuter. När det slutat droppa kanade jag ner igen och tog foton ur olika vinklar med Jennys mobil av senaste modell. Cementklumpen låg så till att jag kunde skyffla tillbaka den med fötterna. Jag gick upp till vindskyddet och förklarade uppdraget slutfört. Vi traskade tillbaka till huset och satte oss i det kyliga köket. Det var fortfarande en timma kvar tills skärgårdsbåten skulle komma. Jenny tryckte på en knapp på ett gammalt elelement som stod bakom pinnsoffan. Värmen började stråla med en gång som på en brödrost. Medan kaffevattnet värmdes på spisen och Jenny mätte upp kaffe i ett melittafilter visade jag Jens bilderna. Jag blev själv förvånad över den goda kvaliteten. Varenda detalj syntes tydligt och nu tyckte vi att skallen var näst intill självlysande. Vi var förfärligt malliga när vi en stund senare summerade dagens och fallets sköna avslutning. Vi hade hittat Jonny eller hans kvarlevor och nu var det upp till polisen att hitta hans baneman. Jag kom att tänka på att Robertson sagt att preskriptionstiden skulle gå ut en viss dag den här veckan. Det vill säga skulle gått ut om sådana begränsningar funnits kvar. När hade han sagt det? Medan vi drack det värmande kaffet lät jag frågan gå runt. Alla pannor rynkades i jakt på dagen PS. Preskriptionstidens slut. Det var naturligtvis Jenny som hade bäst ordning på minnet och efter en stunds analyserande kom vi fram till att dagen vi sökte var idag. Kunde triumfen bli större. Jenny hade köpt kanelbullar av flickan på båtens kafé. Vi tuggade i oss med belåtna miner. Mina tankar hamnade hos Robertson igen. Eller snarare på hans min när jag meddelade att vi löst fallet som han hade lagt ner. Nu skulle polisen få kämpa vidare precis som vi hade gjort.

Vi plockade undan och diskade och stängde av elementet innan vi gick ner till bryggan för att hissa flaggan. Jag hade inte tänkt på den lilla flaggstången tidigare. Flaggan var inte större än en stor tygservett men den var röd och gul och syntes nog bra från båtens brygga. Vi kunde se skärgårdsbåten när den lade till vid en annan ö, släppte av och på passagerare på några minuter innan den vände stäven mot Båssö och oss. När jag var säker på att kaptenen sett att vi ville åka med halade jag ner flaggan. Färden tillbaka till Saltholmen tog inte mer än femton minuter med den snabba båten. Vi satt tysta och njöt av utsikten som inte bestod av annat än de gamla öarna och den dystra vattenytan. Men för oss var det den vackraste utsikten i världen just då.

# Oväntat besök

O m man står i vägen för sig själv är det inte mycket idé att be någon annan flytta sig. Vad tycks om den. Ytterligare ett tillskott till filosof Vimmelkants samling av euforiska aforismer. Nu skall jag bara tänka ut vad jag menar med det. Jens ställer alltid knepiga frågor. Vad menar du med det? Naturligtvis menar jag något i stil med att människor som låser fast sig i rigida föreställningar står i vägen för sig själva men det låter inte tillräckligt snitsigt för att imponera på den glade dansken. Just som jag satt och försökte fundera ut en bättre variant slog sig en bjässe till karl ner på barstolen bredvid min. Han var så stor att han knuffade till mig lätt med axeln. Jag lutade mig åt sidan för att han inte skulle knuffa mig av stolen. Barstolar är inte särskilt stabila. Folk som sitter på barstolar är inte heller alltid stabila. Jag tittade inte på honom. Men han tittade tydligen på mig. Åtminstone tilltalade han mig. Det vill säga, han tilltalade mig verbalt. För övrigt tilltalade det mig inte alls att få sällskap just nu när jag arbetade med att analysera mitt lilla tankefrö.

"Vi har ett team ute vid Båssö som hackar fram kroppen ur cementen. Tack för hjälpen."

Jag ryckte till och tittade på honom med en förvåning som gränsade till förlamning. Hur tusan visste Robertson att jag satt här just nu. Det var en ren tillfällighet att jag droppat in. Medan jag arbetade på någon slags respons vred han huvudet sakta mot mig och placerade sina mörkblå ögon på mitt häpna ansikte. Jag hörde hur jag stammade fram att jag tänkt ringa honom under förmiddagen men att jag haft så mycket att göra att jag inte hunnit.

Tre leveranser sade tungan utan att vara ombedd. Om det fanns något Robertson var ointresserad av så var det mina leveranser av tyska ölglas och italienska porslinshundar till diverseaffärer i Linnéstaden. Samtidigt tänkte jag eller någon del av min paralyserade hjärna ut ett spontant svar på frågan vad jag menar med min aforism. Just det här menar jag. Istället för att falla in i jargongen och spela cool inför polisen stod jag just nu i vägen för mig själv med mitt idiotiska stammande. Och det var ingen idé att be någon annan flytta sig. Ingen annan än Robertson fanns inom hörhåll och honom ber man inte att flytta sig. Han nickade förstående.

”Jenny ringde och lämnade rapport. Kristallklart. Hon är skärpt, din syster. Hon sade att jag kunde hitta dig här vid den här tiden.”

Jag tänkte på att han vid ett tidigare tillfälle sagt att Freddy Larsson hittar man på barer. Nu hade Jenny spätt på och bekräftat omdömet. Freddy Larsson hänger alltid på barer med en JB on the rocks. Det är inte sant. Jag går bara på pub på fredagar och då i sällskap med Jens. Och någon enstaka gång på vardagar om en kund kräver det. Att jag väljer den här baren beror på att den är mysig och ligger inom gångavstånd från min bostad.

Jag frågade om jag fick bjuda på en kopp kaffe och en fralla med ost. Det var nämligen det jag själv hade tänkt beställa men så hade jag ändrat mig och tyckte att jag förtjänade en belöning efter en framgångsrik säljrunda som inneburit två nya order. Därför satt jag och snurrade en fyra whisky med is och såg allmänt förvirrad ut. Inte för spritens skull utan för att Robertson av alla människor satt bredvid mig och fick vatten på sin kvarn. Han tackade ja till kaffe och fralla och jag vinkade till mig bartendern. Jag försökte se likgiltig ut men till min ytterligare förargelse tilltalade barmannen mig med förnamn. Och det på ett sätt som om vi känt varandra i decennier. Jag vet inte vad han heter och jag kan inte påminna mig att jag presenterat mig för honom. Mitt leende kändes som om en fyrtums spik spände ut mungiporna.

Robertson föredrog skinkfralla och jag tog en likadan för att hålla honom sällskap. Han satt tyst medan vi väntade på smörgåsarna. Jag har tidigare nämnt vad jag tycker om hans utstuderade tystnad och vad den gör med mina nerver. Om man sitter vid en bar småpratar man om ingenting med folk som sitter inom hörhåll. Det är det barer

är till för. Jag kastade en blick på hans granit-
hårda ansikte. I profil, för han tittade inte åt mitt
håll. Han såg allt annat än nervös ut. När han fick
sin smörgås och sitt kaffe slängde han ur sig ett
nonchalant "tack skall du ha, Jimmy". Jag stirrade
häpen på honom. Bartendern försvann utom hör-
håll.

"Känner du Jimmy?"

"Har aldrig sett honom förut."

Jag väntade häpen på en förklaring. Det kom
ingen.

"Hur vet du vad han heter?"

Han tittade på mig med bedrövad min.

"Namnskylten."

Jimmy återvände och placerade smörgås och
kaffe framför mig. Jag noterade för första gången
att en namnskylt satt fastnålad på hans bröstficka.
En snygg vinröd skylt med vita bokstäver. Inte
minst såg jag den för att han pekade på den. Han
blinkade muntert till kommissarien innan han
strosade bort till sin diskho. Robertson visade inte
med en min vad han tyckte om föreställningen.

"Jenny berättade att det var du som bestämde
vilken platta ni skulle ge er på. Snyggt jobbat."

Jag undrade om det var ironiskt menat. Det
enda jag hade åstadkommit var att rösta ja till
Jennys förslag. Jag tog en klunk kaffe och sänkte
rösten till ett muttrande.

"Det var hennes förslag att knacka i cementen
överhuvudtaget och det var hon som valde platta.
Hon resonerade sig fram till sin teori med ut-

gångspunkt från hur en person i Mattis situation skulle tänka. Och det var hon som såg att en skalle gömde sig i cementen."

Jag förstod av Robertsons reaktion att han fått hela historien serverad. Han ville bara ha den bekräftad av mig. Kanske för att testa om jag var storsint nog att ge någon annan kredit för framgången.

"Det kan ta några dagar innan vi fastställt identiteten. Killarna måste knacka försiktigt så att de inte förstör någonting. Alla skallar är inte hårda och tjocka."

När han sade det sista tittade han på mig igen. Inte en snabb sidoblick utan länge och forskande. Jag undrade om han försökte bedöma tjockleken på mitt skallben. Fast han hade nog sin uppfattning klar. Han smaskade i sig sin fralla i två tuggor. Jag hade inte rört min men jag hade rört min whisky. Jag svepte i mig de sista dropparna och gjorde en slapp gest.

"Då kan vi betrakta fallet som avslutat?"

Han torkade av fingrarna på en pappersservett och gled ner från stolen.

"Jag hoppas det, Larsson." Han gjorde en ny paus och tittade forskande på mig igen. "Jag hoppas det." Efter det gjorde han en paus till och granskade mig på samma sätt. "Men vi måste hitta Matti. Finska polisen är inkopplad."

Han tackade för frallan och sade adjö. Jag tittade länge på dörren som stängts efter honom. Vad tusan menade han? *Jag hoppas det*. För mig

251

var fallet redan lagt till handlingarna. Med eller utan Matti så var jag färdig med det. Fanns inget mer att lösa. Jag suckade och gissade att hans gåtfullhet var någon slags polisattityd jag inte begrep mig på.

Men Katarina var inte lagd till handlingarna. Jag hade börjat fantisera om en mysig weekend ute i hennes hus. Så snart formaliteterna var avklarade skulle jag bjuda henne på en flott restaurang och för att revanschera sig skulle hon bjuda mig ut till Båssö för att avsluta det vi hade påbörjat när Jenny stormade in. Jag kallade till mig Jimmy och beställde en whisky till. Medan jag väntade på den letade sig tankarna tillbaka till det kära gamla ämnet. Tjejer. Undrar hur det känns i fingertopparna att smeka en rund, mjuk stjärt. Hud mot hud. I verkligheten. Att forma handen runt ett mjukt bröst. Jag hade väntat på det i ett helt liv. Jag kastade en blick i spegeln bakom flaskorna i baren. Den obotlige tönt som stirrade tillbaka med ett trånsjukt leende fick mig att snabbt rätta till anletsdragen när Jimmy ställde mitt glas framför mig. Vad tusan är det tjejerna gör med oss? Dom behöver inte ens vara närvarande. När jag smuttade på min whisky kom jag att tänka på en gammal låt jag hört på radion när jag kört omkring med mina varor. *The very thought of you.* Blotta tanken på dig. Precis så är det. Vi behöver bara tänka på dem så sätter det igång.

## När ord inte räcker till

Det förvånade både Jens och mig att det var så mycket folk på begravningen. Folk från närliggande öar berättade Katarina. Alla känner alla. Åtminstone de bofasta och på de större öarna finns det hundratals bofasta fiskare och lotsar och annat sjöfolk. Många sommarboende var också på plats. Alla hade känt Algot. Vi hälsade på Sten och Harry och bytte några ord innan vi gick in i kyrkan för att övervara ceremonin.

Till min förvåning fick jag syn på surkarten från båtkafeet utanför kyrkan. Jag stirrade en stund men han vände bort blicken och låtsades att han inte sett mig. Jag knuffade Jens lite lätt och förklarade. Han ryckte på axlarna och sade att mannen kanske hade någon anknytning till öarna. Jenny såg mer intresserad ut men hon ställde inga frågor.

Till min ytterligare förvåning fick jag syn på Robertson och Bronsberg i mörka överrockar. Vad hade de för intresse av den här begravningen? De höll sig för sig själva och nickade bara omärkligt när våra blickar möttes. Jag förstod att de inte ville dra uppmärksamheten till sig och gick inte fram till dem. Jens och Jenny reagerade på samma sätt.

När vi bänkat oss i kyrkan lät jag blicken glida runt i jakt på surkarten men kunde inte se honom. Ceremonin var kort och värdig och alla gick fram till kistan och tog farväl, kvinnorna lade buketter på kistlocket. Alla utom surkarten.

Konstigt beteende tyckte jag, göra sig besväret att åka ut till en begravning och sedan inte hedra den döde vid kistan. När vi som de sista av gästerna gick fram låg så mycket blommor på kistan att den nästan inte syntes. Jenny lade sin lilla röda rosbukett på toppen av berget. Den kontrasterade vackert mot de många vita blommorna. Katarina hade sällskap med sin farbror vid kistan. Kistaden bars ut till graven av sex unga starka män. Kvinnor samlade ihop kransar och buketter för att dekorera vid graven. Det hela var värdigt och högtidligt. Kistaden sänktes ner och prästen höll griftetal. Efter ceremonin drog vi oss undan för att låta familjen vara ifred med sin sorg.

När alla gått ifrån graven såg jag surkarten gå fram och böja huvudet mot kistan och släppa ner en liten bukett. Vad betydde det? Varför vänta tills alla dragit sig undan från graven? Som om han inte ville bli sedd.

Jag tittade mig omkring. Förutom mig var det bara ett par mörkklädda män som följde hans rörelser. Jag ryckte på axlarna och lutade mig mot den gamla klyschan att allt har sin naturliga förklaring.

JeJe och jag stod för oss själva igen och visste inte riktigt vad vi väntade på. Begravningskaffet skulle hållas i församlingshemmet som låg strax bredvid kyrkan. Arrangemanget sköttes av en cateringfirma. Vi tvekade om vi skulle vara med nu när vi sett hur många andra som skulle delta. Vår tanke hade varit att stötta Katarina i tron att hon skulle vara ensam med ett litet antal släktingar. Som det nu såg ut skulle vi försvinna i mängden.

Jag lät blicken vandra och fick syn på Robertson och Bronsberg vid muren som avgränsade kyrkogården mot bygatan. Jag hade inte sett dem i kyrkan och fick en allt starkare känsla av att deras ärende var ett annat än att ta farväl av Algot. Robertson vinkade oss till sig med en liten gest. Vi tittade bakom oss för att vara säkra på att det verkligen var oss han menade. Jodå, det fanns ingen bakom oss.

Vi strosade fram till de båda. Robertson tittade mot en grupp på fyra män som stod tysta och stilla under ett stort träd. En av dem var surkarten men han verkade inte känna de övriga. Han fumlade med ett cigarrettpaket. Robertson hade ett spänt uttryck som jag inte sett tidigare. Han tittade inte på oss när han började tala med en röst som var lika spänd som hans ansiktsuttryck.

"Två av männen vid trädet är polismän."

Jag ryckte till. Kunde surkarten vara polisman. Det var inte möjligt. Det kom ingen förklaring och vi förblev tysta och spänt nyfikna. Plötsligt vibrerade luften av dramatik. Vi hade ingen aning vad som pågick. Jag hörde mig ställa en fråga som inte hade med den spända situationen att göra.

"Har ni hittat Matti Eriksson?"

"Nej."

"Betyder att han är på fri fot och fortfarande ett hot mot Katarina?"

"Matti är lokaliserad."

"Var hittade ni honom?"

Nu gjorde han en av sina enerverande pauser igen.

"Vi hittade honom inte." Han satte ögonen på oss en i taget. "Det gjorde ni."

Det blev så tyst att man kunnat höra ett löv landa på gräsmattan. Jens återfick talförmågan först.

"Menar du att…"

"Exakt. Han lämnade aldrig Båssö. Låg i en cementgrav i tjugofem år."

Jag fick en känsla av att tappa fotfästet. Om det var Matti vi hade hittat, var fanns då Jonny? Robertson gjorde en omärklig gest igen. Konstigt nog förstod alla hans små gester. Den här riktade sig till Jenny.

"Vill du vara snäll och hämta Katarina."

Jenny gav sig genast iväg. Vi såg henne närma sig den lilla gruppen av närmast sörjande och luta sig mot Katarina medan hon pekade i vår riktning. Efter en kort palaver kom de två gående mot oss.

Det syntes på Katarinas sätt att röra sig att hon kände sig obehaglig till mods. Nu var vi så spända att om nerver varit synliga hade man kunnat se dem krypa på våra darrande händer. De kanske syntes ändå i form av ryckningar i kinder och sammanbitna käkar. Jag sneglade på Robertson.

"Så Jonny är på fri fot."

"Inte så länge till."

Robertson gjorde ett tecken till polismännen vid trädet. En av dem gick fram till surkarten och grep honom i armen medan den andre sade någonting till honom. Han försökte genast vrida sig loss men då grep den andre honom i den andra armen. Båda poliserna var stadiga bitar. När de närmade sig vår lilla grupp såg surkarten ut att sväva i luften mellan dem. Och det var ingen liten nätt person de två representanterna för ordningsmakten släpade på. Jonny vägde säkert nittio kilo. Han försökte hela tiden vrida loss sina armar men ju mer han kämpade desto hårdare blev greppen.

Katarina och Jenny hade under tiden anslutit sig till oss. Båda tittade frågande på alla närvarande innan de vände blicken mot trion. När de var två meter ifrån oss böjde fången ner huvudet. Poliserna ledde honom fram till Robertson. Den barske kommissarien tog ett hårt tag i mannens haka medan han fäste blicken på Katarinas oförstående ansikte. Så vred han mannens ansikte uppåt och riktade det mot Katarina. Den klumpige figuren satt som i ett skruvstäd av starka

257

polishänder. Mannen och kvinnan tittade på varandra en lång stund. Katarinas ansikte förvandlades sakta tills chocken tycktes lysa ur ögonen. Robertsons röst ekade högt i allas öron fast han talade lågt.

"Katarina, känner du igen den här mannen?"

Hon stirrade i säkert en hel minut. Hennes blick tickade som en sekundvisare innan den stannade på den skallige mannens mörka ögon.

"Det kan inte vara sant." Hon upprepade orden flera gånger som om hon inte var medveten om vad tungan hade för sig. Till allas överraskning log mannen resignerat och nickade omärkligt.

"Hej, Katarina. Long time, no see."

Alla blickar flyttades till den skräckslagna kvinnans ansikte.

"Var har du hållit hus, Jonny? Vi trodde du var död."

De andra gästerna hade börjat samlas i små grupper på kyrkogården. Några sneglade mot sällskapet vid muren. Tydligen kändes det i luften att något utanför programmet försiggick i vår lilla krets. Robertsons professionella attityd dämpade känslosvallet hos oss som stod närmast.

"Jonny Kromback. Du är arresterad. På sannolika skäl misstänkt för mord på Matti Eriksson. Om du vill hedra din far – vilket du uppenbarligen kom hit för att göra – följer du lugnt och stilla med de här två polismännen till bryggan."

Jonny gjorde en gest som för att be om tillåtelse att säga något. Robertson avbröt försöket med en huvudskakning.

"Lugnt och stilla, Kromback. Vårt tålamod är inte obegränsat."

Den korpulente mannen tycktes krympa tio centimeter när han traskade iväg mellan de storvuxna polismännen. De tre individerna lyckades se ut som ordinarie gäster som lämnade ceremonin efter passande tid. Faktiskt kunde man tro att Jenny hämtat Katarina för att några av gästerna ville ta farväl och framföra sina kondoleanser. Hela föreställningen hade skötts på ett imponerande sätt av Robertson. Bronsberg stod tyst bredvid och följde varenda rörelse och ansiktsuttryck med sina skarpa vesseleögon. Jenny drog ner Katarinas sorgflor för att dölja den stackars kvinnans äcklade uttryck. Ingen kunde tänka ut något att säga på en lång stund men tystnaden innehöll en roman av obesvarade frågor och spekulationer. Det var Katarina som till slut bröt tystnaden. Hennes röst var nära att brista.

"Min bror en mördare. En mördare och en bluffmakare."

Orden hängde i luften så länge att jag fick en känsla av att läsa dem i en pratbubbla. Jens slog ut med handen och vände sig till Robertson.

"Hur visste ni att han var här?"

"Vi har haft en man på honom sedan Larsson berättade att han träffat en man i Lorensbergs bar som han tyckte påminde om Kromback. Jonny med sneda leendet har varit vårt arbetsnamn på honom sedan dess."

Jag log också snett när jag tänkte på allt hån jag fått utstå efter att jag berättat för JeJe om mina funderingar kring sneda leenden. Jag tänkte också på den lånade replik jag använt i sammanhanget. Sanningen lever sitt eget liv. Sanningen som jagat Jonny Kromback hade verkligen levt sitt eget liv. Och hunnit ikapp på det mest raffinerade sätt. Inte minst hade den fått hjälp på vägen av Freddy Larssons skarpsinne och observationsförmåga. Robertson fortsatte med låg röst.

"Den Clifford Anderson Jonny uppgav sig vara och vars pass han hade snott mördades i Singapore för tjugofem år sedan. Amerikansk medborgare. Det mordet kommer han också att få stå till svars för. Det finns en internationell efterlysning. Men det som avslöjade honom var att han ringde till Sandras man och pratade perfekt svenska, medan han på hotellet bara hade pratat engelska med amerikansk accent. Låtsat att han inte förstod ett ord svenska. När Larsson sedan hörde honom prata med däcksmannen på skärgårdsbåten tog vi kontakt med den personen och fick bekräftat att han pratade perfekt svenska. Det tillsammans med hans intresse för Båssö gjorde oss misstänksamma."

Jens kliade sig i huvudet.

"Men det var ändå en jäkla tur att han fick reda på att hans far hade dött och när och var begravningen skulle hållas. Jag gissar att han inte läser svenska tidningar särskilt regelbundet."

"Vår man på hotellet såg till att det låg en tidning på hans frukostbord med dödsannonsen uppslagen."

Jag gjorde en grimas.

"Var ni inte rädda att han skulle bli misstänksam när en gammal tidning låg uppslagen och formligen skrek åt honom att hans far hade dött?"

"Självklart men polisarbete är fullt av risker. Och det var av avgörande betydelse att Katarina kände igen honom vid en brutal konfrontation. Utan den identifieringen hade vi haft problem." Han nickade ursäktande mot Katarina. Hennes ansikte var knappt synligt under floret. "Jag är ledsen att vi var lite burdusa men vi förstod att han var fullständigt förändrad till utseendet och att det var viktigt att du kunde se honom i ögonen. Blickar och leenden förändras mindre än annat." Här gav han mig en oväntad blick. "Gäller även sneda leenden."

Katarina föll in med svag röst.

"Hade jag inte tittat in i hans ögon från nära håll hade jag inte känt igen honom. Han ser ju ut som en gammal ful gubbe på sextiofem. Han är bara fyrtiofyra." Hon tystnade en stund. Vi gissade att hennes ögon fylldes med tårar bakom floret. "Han var så stilig när han var ung."

Robertson nickade eftertänksamt.

"När det gäller mänskligt förfall har jag som polisman massiv erfarenhet. Bara en okontrolle-

rad konsumtion av alkohol eller droger kan åstad-
komma en sådan utförsbacke."

Katarina lyfte upp sorgfloret. Hennes ögon var
rödgråtna.

"Det var fruktansvärt att tänka sig hans kropp i
en cementgrav där nakna människor låg och so-
lade på somrarna. Men jag föredrar ändå den bil-
den framför det här."

Robertson satte på sig sin filthatt.

"Jag är ledsen att vi ställde till det en dag som
den här, Katarina. Men vi hade inget val." Han lät
blicken vandra runt innan han nickade ett stumt
farväl som antagligen också inbegrep ett tack till
oss som hjälpt till att lösa gåtan.

Vi följde honom och Bronsberg med blicken
tills de försvann bakom en häck. Chocken väg-
rade att släppa. Jag blev medveten om jag stod
och stirrade rakt fram med gapande mun. Galg-
humorn påminde mig om ett samtal Jens och jag
lyssnat till på en bar. En engelsman sade till sin
svenske vän "close the gap" och menade att de
satt för långt ifrån varandra. Svensken uppfattade
det som "håll käften". Och stängde käften med
förnärmad min. Den löjliga situationen hade na-
turligtvis utlöst Jens gapskratt.

Minnet av episoden fick mig att stänga min
gapande mun. Vi stod tysta en lång stund och
stirrade på ingenting med tomma ögon. För en
gångs skull var det jag som bröt tystnaden. Jag
har aldrig varit någon mästare i retorik men jag

tror att jag sammanfattade vad som dansade runt i alla huvuden.

"Det var som fan."

# Efterdyningar

För att vara lördag eftermiddag var det ovanligt stillsamt i baren. Vi sneglade genom glasdörrarna mot restaurangen. Det fanns inte ett enda ledigt bord. Vi gissade att matgästerna skulle flockas vid baren efter avslutad måltid och njuta av utsikten över älven med den lättjefulla förnöjsamhet en full mage skänker. Inget är så vilsamt som att släppa loss den lille rödvinsfilosofen och lyssna till sitt eget nonsens. Vi hade slagit oss ner i bekväma fåtöljer och betraktade tysklandsfärjan som just passerade under Älvsborgsbron. Från vår position såg det ut att vara några centimeter mellan skorstenen och stålkonstruktionen. Jag sneglade på Jens som ställde tillbaka sin konjakskupa efter en klunk.

"Hur var det i Köpenhamn?"

Han hade varit i huvudstaden en vecka för att dricka julbord, en tradition som man odlar i familjen. Just det, dricka julbord. Jag hade varit med en gång. Aalborgs och Tuborgs och lille en från morgon till kväll. Ett rum i föräldrarnas stora centralt belägna lägenhet väntade alltid på honom.

"Mamma och pappa hälsar. De tyckte det var synd att du inte kunde följa med."

265

"Verkligen?"

"Pappa tycker alltid det är roligt att se dig. Han säger att han blir full i skratt varje gång."

De dämpade högtalarna strömmade plötsligt ut låten jag hört häromdagen. *The very thought of you* i gammal storbandsversion gjorde samma sak med mig nu som den gjort då. Ledde in tankarna på det gamla spåret. Jag smakade på min konjak och slöt ögonen för att inte störas i mina drömmar. Tänk om det kunde bli verklighet med Katarina. Hon hade faktiskt stått naken intill mig och varit beredd på att bjuda mig på den första resan till mitt eget Nirvana.

Jag raderade Jennys instörtande ur minnesbilderna och frammanade en bild av nakna Katarina på rygg på soffan med benen inbjudande särade för mig. Jag var – fortfarande i min vakna dröm – så beredd en man kan bli och kröp försiktigt upp mellan hennes ben för att tränga in så mjukt och varsamt jag kunde. Jag kände att det började snurra i huvudet och tog en klunk konjak till. Inte för att bli av med känslan utan för att förstärka den. Freddy Larssons debut och det med en oskuld.

Då hände det igen. Jenny störtade in. Drömmen upplöstes som en rökring som söker sig upp mot taket och skingras i mjuka slingor. Jag satte ett bokmärke där den slutat så att jag kunde fortsätta därifrån när jag blev ensam nästa gång. Den här gången var hon väntad och hon stormade inte in som hon kan göra. Snarare gående på sitt vanliga mjuka sätt. Det är något kattlikt över hennes rörelser.

Det var mitt förslag att vi skulle samlas i just den här hotellbaren för att summera fallet. Jenny hade också varit bortrest några dagar. Hälsat på en väninna i Skåne. Hon slog sig ner i den lediga fåtöljen bredvid min.

Hon hade ett kuvert i handen. Den sysslolöse servitören dök upp för att ta hennes order. Det hade gått två veckor sedan begravningen på ön och jag hade inte hört någonting från Katarina. Upptagen med bouppteckning och praktiska göromål gissade jag. Jens gjorde en slapp gest.

"Har det hänt något medan jag var borta? Har du pratat med Robertson om Jonny?"

"Han ringde för några dagar sedan och frågade efter Jenny. När jag sade att hon var bortrest lät han besviken. Men då dög det med mig."

Jenny log det där leendet som bekräftar ännu en seger i den eviga kampen. Kvinnlig charm kontra manlig fåfänga. Seger på knockout som vanligt. Hon sade inget men såg äckligt belåten ut. Jens ville höra fortsättningen och upprepade sin gest med ett otåligt inslag den här gången.

"Har han fått något ur honom än?"

"Det är det minsta man kan säga. Tydligen gick proppen ur när Robertson visade bilder på Mattis sorgliga kvarlevor. Visste du att en hand saknades?"

"Jag hörde någonting om det innan jag åkte till Köpenhamn."

267

"Det är en riktigt smutsig historia. Robertson berättade att svett trängde fram i Jonnys panna när historien rann ur honom."

"Det var terapi för honom. Han har burit på det här i tjugofem år utan att kunna prata med någon. Fortsätt."

"Till att börja med kan du glömma din ädla boxningsmatch mellan två renhåriga sportsmän. Jonny var rasande och asberusad. Han gissade att Matti gått ner till bryggan efter att ha förfört – eller förförts av – Sandra. Han rusade hem och hämtade den största förskärare huset kunde erbjuda. Sedan rusade han ner till bryggan där Matti stod och tittade på stjärnorna. När Jonny attackerade som en bärsärk fick Matti tag i en hammare som han försökte drämma i Jonnys huvud men missade och ramlade tungt och klumpigt rakt på kniven. Bladet försvann helt in under revbenen och upp mot hjärtat. Det var en jättekniv. Jonny påstod att man kan döda krokodiler med sådana."

Jag tystnade en stund. Det här var ingen lämplig godnattsaga för känsliga öron. Jenny har små söta öron men de är inte känsliga. Hon hade glidit fram på stolen så att hon nästan ramlade ur den. Först då såg jag att hon hade kjol. En skotskrutig sak som passade hennes sportiga framtoning. Borde hon ha oftare tänkte jag. Hon kastade en snabb blick på servitören som kom med hennes kaffe och en Amaretto innan hon satte ögonen på mig.

"Vad hände sedan?"

"Han preparerade hålet som vi antog att han hade gjort. Eller som vi antog att Matti hade gjort. Slängde cementklumparna i vattnet, ner med kroppen – dubbelvikt som vi också var inne på – och på med cement."

Jenny smakade fundersamt på sin likör.

"Det förklarar valet av platta. Jonny visste naturligtvis att det gick att hälla cementen i rännan. Hade kanske sett hur det gjordes när han var barn."

Jens gjorde sin otåliga gest igen.

"Okej, boss. Allt detta har vi räknat ut. Var är den smutsiga biten?"

Jag smakade på min konjak för att samla mod.

"Håll i er nu. Jonny tog för givet att Matti hade dött genast när han fick kniven i sig." Här gjorde jag en dramatisk paus för att bygga upp spänning. Ganska lyckad, tyckte jag. Det tyckte inte Jens som upprepade sin gest och lade till ett uppgivet element med uppdragna axlar. Jag suckade och fortsatte. "Så gick det inte till. När han hällt i all cement och trodde saken var klar pressade Matti upp en hand genom massan och rörde fingrarna som om han ville säga någonting. Inte under en halv minut som man skulle gissa. En halvtimme stod Jonny som förstenad och stirrade på handen som rörde sig på samma sätt hela tiden." Här gjorde jag en paus till. "Vad tycks om den. Som godnattsaga menar jag."

Jens såg ut som om någon försökte fläta en grytlapp av hans tarmar.

269

"Tusen och en natt av bröderna Capone."

Jennys uttryck var inte vackrare. Vi svepte i oss våra drinkar och vinkade till oss servitören för att beställa nya. En beklämd tystnad sänkte sig kring bordet. Den varade tills barmannen anlände med den nya rundan. Jens smakade på sin konjak.

"Låt mig gissa. Jonny skar av handen och kastade den i sjön?"

"Han vägrade säga vad han gjorde med den. Men det är nog en bra gissning att den blev krabbmat."

Jenny tittade med avsmak på allt som fanns i hennes synfält.

"Undra på att han blev knäpp och började supa. Tänk att leva med den bilden på näthinnan i tjugofem år. Varenda dag, varenda natt. Fem smutsiga fingrar som spökar oavbrutet i huvudet."

Jens tog ett djupt andetag.

"Vad sade Katarina när hon fick veta?"

"Hon vet inte ännu. Robertson tyckte att det var bättre om någon av oss berättade för henne."

De tittade uppfordrande på mig. Jag ryckte på axlarna.

"Jag har inte sett henne sedan begravningen."

Jenny blinkade till och räckte mig kuvertet.

"Oj, det höll jag på att glömma. Det här låg i ett annat kuvert som var adresserat till mig. Fick det igår."

Jag tittade misstänksamt på kuvertet. Mitt namn var skrivet med en prydlig handstil som jag inte kände igen. Och varför skicka det till Jenny. Måste vara från någon som kände oss båda. Jag erinrade mig att i förra fallet hade det gått till på samma sätt, klienten hade skickat ett brev till mig via Jenny. Jag höll det mot ljuset innan jag öppnade med min lilla fickkniv, drog ut två papper och tittade lika misstänksamt på dem. Det ena var en bankcheck utställd på Freddy Larsson, det andra var ett långt tättskrivet brev. Från Katarina.

Jag började läsa med bultande hjärta. Tänk om brevet innehöll löften om det jag fantiserat om för en stund sedan. En mysig weekend på Båssö. Jag kunde laga min berömda lasagne och till den servera ett gott rödvin. När mina tankar letat sig så långt började ögonen leta sig genom raderna. Även den här drömmen skingrades som rök mot taket när min bedövade hjärna började sortera innebörden av meddelandet. Jag kan lika gärna dela med mig av eländet.

*"Hej Freddy. Tack för allt. Jag bifogar en check på femtiotusen och hoppas det täcker dina utlägg och ditt arbete. Det inkluderar även belöningen på tiotusen. Tacka även Jens och Jenny från mig. Om du vill kan du ge dem varsin slant för deras besvär. Det får du avgöra själv.*

*Och förlåt att jag trängde mig på i din privata sfär. Det är inte likt mig att vara så burdus. Jag drömmer varje natt om vår förening i det som män och kvinnor förenas i när känslorna svallar. Och det var inte sant som jag sade att jag haft någon annan före dig. Skämdes väl för att vara oskuld vid min ålder. Du förtjänar bättre än mig. Jag är inte särskilt vacker och inte särskilt intelligent. Inte som din jättesöta syster. Jag skulle vilja se ut som hon och vara så skojig och skärpt. Men man är som man är. Det går inte att ändra på och ärligt talat vill man nog inte ändra på det. Det står i stjärnorna hur din karaktär är danad.*

*På tal om stjärnorna så måste jag erkänna att jag gjorde ett misstag när jag bedömde din konstellation i relation till min. Jag råkade i upphetsningen titta på ett datum som var två dagar tidigare än din födelsedag. Låter kanske som en bagatell för någon som inte är intresserad av Zodiaken eller har de rätta kunskaperna men sådana småsaker är jätteviktiga för oss som vet hur illa det kan gå om stjärnorna säger att något är fel. Den nya bedömningen jag gjorde – den riktiga – visar att det hade varit katastrof om du och jag hade... ja, du vet.*

*Så förlåt än en gång, käre Freddy. Du är en vänlig och trevlig man på alla sätt men du och jag är inte menade för varandra.*

*Tyck inte illa om mig och var inte arg. Jag gör bara vad jag måste. Hälsningar Katarina"*

Jag trodde inte mina ögon så jag läste en gång till. Jodå, det var sant. Brädad och avfärdad av ett horoskop. Mina drömmar i kras igen. Jag drog min berömda djupa suck. Jens och Jenny hade förstått att det var ett slags drama som utspelats mellan mig och brevet. De hade suttit knäpp tysta hela tiden. Min första tanke var att stoppa brevet i innerfickan och låtsas att det handlade om affärer. Min andra tanke var att det spelade ingen roll om de fick veta. Katarina var redan historia. Precis som alla andra kvinnor som fladdrat förbi i mitt liv utan att göra något annat än just fladdra förbi. Precis som jag hade fladdrat förbi i deras liv utan att göra något annat. Freddy Fladdermus.

Jag räckte brevet till Jenny. Medan hon läste slog det mig att formuleringarna gav intrycket att Katarina och jag verkligen hade varit tillsammans. På det riktiga sättet. När hon läst färdigt skickade hon brevet vidare till Jens. Proceduren upprepades. Han trodde också att jag hade gjort min plikt som man och älskare förstod jag när vi suttit tysta en stund och begrundat innehållet. Hans gest var både beklagande och uppmuntrande.

"Tråkigt att hon försvann ur ditt liv men hon gav dig i alla fall ett minne för livet."

Jag nickade och gjorde en överslätande gest som om det var precis vad som hade hänt. Tystnaden sänkte sig åter över vårt lilla hörn i den mysiga baren. Jag funderade över min situation. Här satt jag, en fyrtiotreårig oskuld mellan två personer som trodde att jag legat med en attraktiv kvinna som Katarina. Till och med tagit hennes oskuld. Jag prövade med ursäkten att jag inte sagt att jag gjort det, bara inte förnekat när Jens tröstade mig. Det gick inte så bra. Jag kanske lurade Jens och Jenny men jag lurade inte mig själv.

Jag pratade – eller svamlade – för ett tag sedan om vad jag trodde om lögnarens nervslitande tillvaro. Nu inser jag att det finns en sort som har det värre, hycklaren. Han kan inte slappna av mellan varven som lögnaren kan. När lögnaren klämt ur sig sin senaste lögn kan han koppla av fram till nästa bluff. Den möjligheten har inte hycklaren. Hyckleriet pågår tjugofyra timmar om dygnet, sju dagar i veckan, året runt. Hycklaren blir ett med sin framhycklade person. Till den sorten hade jag sällat mig nu. Jag smakade på mitt kaffe.

"För övrigt kan jag berätta att när Jonny utfört dådet samlade han ihop lite kläder och tillhörigheter, tog morgonfärjan till staden, hyrde in sig på ett hotell några dagar, tog hyra på en båt som gick på Sydostasien och mönstrade av i Singapore där han jobbade som svetsare några år. Han är utbildad svetsare. Därefter flyttade han till Brisbane där han bodde när han bestämde sig för att besöka gamla hemlandet."

Jens blick letade sig ut genom fönstret.

"Kan det ha varit så att det var han som återvände för att stoltsera med sin duktighet innan brottet preskriberades?"

"Inte otänkbart. Eller att han ville veta hur landet låg. Han måste ha räknat med att Algot var skröplig och han ville träffa sin far en gång innan han dog. Tala om att han själv var vid liv."

Jenny tittade forskande på mig.

"Det var kanske det han var på väg att göra när du såg honom på båtkafeet?"

"I så fall hade han sprungit rakt i armarna på polisen." Jag ryckte på axlarna. "Kanske lika bra att de hade tagit honom då."

Jenny skakade på huvudet.

"Om de hade tagit honom då kunde han bara nekat till all kännedom om Matti. Ingen hade kommit på att hugga upp cementplattan. Fallet var löst. Jonny var återfunnen. Matti var ointressant eftersom han inte hade mördat Jonny. Det var enda misstanken mot honom. Vi hade också varit nöjda även om vi blivit snuvade på belöningen."

Jens satt tyst en stund och funderade.

"Har ni tänkt på att allt som hände emanerade ur broder Willys korkade infall att bereda väg för Herrans återkomst, hans dyrkade bror Mattis triumf. Utan hans sanslösa ingripande hade ingenting hänt. Matti hade legat kvar i sin cementgrav, Jonny hade konstaterat att han inte var eftersökt av polisen och rest hem till Australien. Katarina hade fortsatt leva i ovisshet om sin brors öde. Livet hade gått vidare."

Jenny höll inte med.

"Vi hade knackat upp cementgravarna även utan Willys inblandning. Uppdraget var att hitta Jonny och det var det vi trodde att vi hade gjort."

Vi nickade tyst. Jens tankar återvände till den bistra verkligheten. Bister för Katarina.

"Det finns en annan aspekt. Även om Jonny är en brottsling så är han arvsberättigad efter sin far. Katarinas arv halveras."

Det hade jag inte funderat på. Naturligtvis hade han rätt. Lagen säger att du inte kan ärva någon du själv bragt om livet. Men den säger inget om att andra brottsliga handlingar inskränker ditt arv. Teknikaliteter som inte angår oss.

Men det gjorde den check jag fått. Jag drog upp den och tittade förnöjt på den. Jenny lutade sig också närmare och tittade på den. Och upprepade några rader ur brevet.

"Tacka även Jens och Jenny från mig. Ge dem deras beskärda del av pengarna."

Min röst var full av indignation när jag fiskade fram brevet och letade upp avsnittet.

"Så står det inte alls." Jag läste högt. "Om du vill kan du ge dem varsin slant för deras besvär. Det avgör du själv."

"Det var det jag sade. Hon har bara formulerat sig fel. Hon menar att vi skall dela jämnt. Kvinnor tänker helt annorlunda än män."

"Jag hör det."

Jens höll upp en hand och började räkna på fingrarna. Det vill säga, han räknade upp allt han och Jenny hade åstadkommit. In i minsta detalj. Det tog tio monotona minuter. När han gjort det började han om med det jag hade åstadkommit. Han kom bara till första fingret. Lillfingret, passande nog. Han och Jenny tittade först en lång stund på varandra och sedan på hans orörliga händer. När han inte hade rört fingrarna på flera minuter suckade de unisont. Jennys leende följdes av en medlidsam suck. "Jag sade fel. Jag menade

inte dela jämnt. Jag menade dela efter förtjänst."
Hon gjorde ett uppehåll och plutade med munnen.
"Stackars lille Freddy. Men någonting tycker jag
ändå att du skall behålla så att du kan betala no-
tan." Min gest var lika trött som min röst. "Vi
delar som vi brukar. En del till firman och en del
var till oss."


Det blev godkänt. Med tvekan. Till och med
Jenny insåg att proceduren var avhängig av min
välvilja den här gången. Och jag insåg för minst
tusende gången att jag är alldeles för snäll. Går
tydligen inte heller att ändra på. Betongskallar är
som dom är. Men de får sällan migrän.

Andra böcker av G A Lorén i serien om deckarbyråkraten Freddy:

**Freddys Agentur**

**Styggt Jobbat**

**Kraschblandning**

**Åt Skogen**

**Förbaskade Tjej**


*Läs mer på* _www.galoren.se_